Aritmética da Emília

Título – *Aritmética da Emília*
Copyright da atualização © Editora Lafonte Ltda. 2021

Todos os direitos reservados.
Nenhuma parte deste livro pode ser reproduzida por quaisquer meios existentes sem autorização por escrito dos editores e detentores dos direitos.

Direção Editorial   *Ethel Santaella*

REALIZAÇÃO

GrandeUrsa Comunicação

Direção   *Denise Gianoglio*
Atualização de texto e Revisão   *Valéria Tomé*
Projeto Gráfico e Diagramação   *Idée Arte e Comunicação*
Ilustrações   *Jótah*

Em respeito ao estilo do autor, foram mantidas as preferências ortográficas do texto original, modificando-se apenas os vocábulos que sofreram alterações nas reformas ortográficas.

```
Dados Internacionais de Catalogação na Publicação (CIP)
           (Câmara Brasileira do Livro, SP, Brasil)

   Lobato, Monteiro, 1882-1948
      Aritmética da Emília / Monteiro Lobato ; ilustrado
   por Jótah. -- São Paulo : Lafonte, 2021.

      ISBN 978-65-5870-170-5

      1. Literatura infantojuvenil I. Jótah. II. Título.

21-77433                                         CDD-028.5
```

Índices para catálogo sistemático:

1. Literatura infantil   028.5
2. Literatura infantojuvenil   028.5

Cibele Maria Dias - Bibliotecária - CRB-8/9427

Editora Lafonte
Av. Profª Ida Kolb, 551, Casa Verde, CEP 02518-000, São Paulo-SP, Brasil Tel.: (+55) 11 3855-2100
Atendimento ao leitor (+55) 11 3855- 2216 / 11 – 3855 - 2213 - atendimento@editoralafonte.com.br
Venda de livros avulsos (+55) 11 3855- 2216 - vendas@editoralafonte.com.br
Venda de livros no atacado (+55) 11 3855-2275 - atacado@escala.com.br

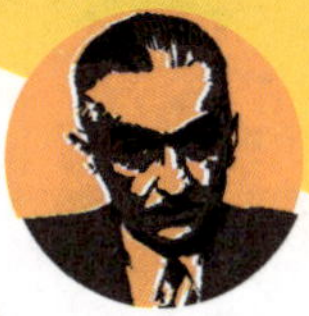

MONTEIRO LOBATO

Ilustrado por

Jótah

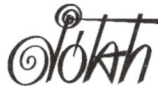

Aritmética da Emília

Lafonte

SUMÁRIO

- A ideia do Visconde 7
- Os artistas da aritmética 10
- Mais artistas da aritmética 18
- Manobras dos números 22
- Acrobacias dos artistas arábicos 33
- A primeira reinação 39
- A segunda reinação 46
- A terceira reinação 56
- Quindim e Emília 64
- A reinação da igualdade 77
- As frações 82
- Mínimo múltiplo 95
- Somar frações 102
- Subtrair frações 109
- Multiplicar frações 114
- Dividir frações 116
- Os decimais 118
- As medidas 129
- Números complexos 139

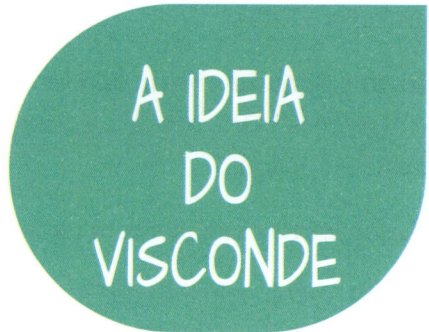

A IDEIA DO VISCONDE

Aquele célebre passeio dos netos de Dona Benta ao País da Gramática havia deixado o Visconde de Sabugosa pensativo. É que todos já tinham inventado viagens, menos ele. Ora, ele era um sábio famoso e, portanto, estava na obrigação de também inventar uma viagem e das mais científicas. Em vista disso, pensou uma semana inteira e por fim bateu na testa, exclamando numa risada verde de sabugo embolorado:

— Heureca! Heureca!

Emília, que vinha entrando do quintal, parou, espantada, e depois começou a berrar de alegria:

— O Visconde achou! O Visconde achou! Corram todos! O Visconde achou!

A gritaria foi tamanha que Dona Benta, Narizinho e Pedrinho acudiram em atropelo.

— Que foi? Que aconteceu?

— O Visconde achou! — repetiu a boneca, entusiasmada. — O danadinho achou!...

— Mas achou que coisa, Emília?

— Não sei. Achou, só. Quando entrei na sala, encontrei-o batendo na testa e exclamando: "Heureca!" Ora, heureca é uma palavra grega que quer dizer "achei". Logo, ele achou.

Dona Benta pôs as mãos na cintura e com toda a pachorra disse:

— Uma boneca que já andou pelo País da Gramática deve saber que "achar" é um verbo transitivo, dos tais que pedem complemento direto. Dizer só que achou não forma sentido. Quem ouve pergunta logo: "Que é que achou?" Essa coisa que o achador achou é o complemento direto do verbo achar.

— Basta de verbos, Dona Benta! — gritou Emília, fazendo cara de óleo de rícino. — Depois do nosso passeio pelo País da Gramática, vim entupida de gramática até aqui — e mostrou com o dedo um carocinho no pescoço, que Tia Nastácia lhe havia feito para que ela ficasse bem igual a uma gente de verdade.

— Mas é preciso complemento, Emília! — insistiu Dona Benta. — Sem complemento, a frase fica incompleta e das tais que ninguém entende. Que coisa o Visconde achou? Vamos lá, senhor Visconde. Explique-se.

O Visconde tossiu o pigarrinho e explicou:

Achei uma linda terra que ainda não visitamos: o País da Matemática!

Tia Nastácia, que também viera da cozinha atraída pelo berreiro, torceu o nariz e retirou-se resmungando:

— Logo vi que era bobagem. Se ele achasse a mãozinha de pilão que sumiu, ainda vá. Mas isso de ir passear no tal País da Matemática é bobagem. Vai, perde o tempo e não mata nada...

Mas o Visconde expunha aos outros a sua ideia.

— A terra da matemática — dizia ele — ainda é mais bonita que a terra da gramática, e eu descobri uma aritmética que ensina todos os caminhos. É lá o país dos números.

Todos se entreolharam. A ideia do Visconde não era das mais emboloradas. Bem boa, até.

— Pois vamos — resolveu Narizinho. — Isso de viagens é comigo, sobretudo agora que temos uma excelente cavalgadura científica, que é o Quindim. Para quando a partida, senhor Visconde?

— A minha viagem — respondeu ele — é um pouco diferente das outras. Em vez de irmos passear no País da Matemática, é o País da Matemática que vem passear em nós.

— Que ideia batuta! — exclamou Emília, encantada.

— Todas as viagens deviam ser assim. A gente ficava em casa, no maior sossego, e o país vinha passear na gente. Mas como vai resolver o caso, maestro?

— Da maneira mais simples — respondeu o Visconde. — Vou organizar um Circo Sarrazani para que o pessoal do País da Matemática venha representar diante de nós. Inventei esse novo sistema porque ando reumático e não posso me locomover.

Todos aceitaram a explicação do Visconde, o qual tinha tido realmente uma dessas ideias que merecem um doce. Dona Benta voltou à costura. Pedrinho correu para o pomar, e o grande sábio de sabugo foi dar começo à organização do circo. Só ficaram na sala Narizinho e Emília.

— Por que razão, Emília, você tratou o Visconde de "maestro"? O pobre Visconde dará para tudo, menos para música. Nem assobia.

— É porque ele teve uma ideia batuta — respondeu a boneca.

OS ARTISTAS DA ARITMÉTICA

Pedrinho construiu uma cadeira de rodas para o Visconde, que quase não podia andar de tanto reumatismo. Não ficou obra perfeita. Basta dizer que, em vez de rodas de madeira (difíceis de cortar e que nunca saem bem redondinhas), ele botou no carro quatro rodelas de batata-doce. Rabicó lambeu os beiços lá de longe, pensando consigo: "Comer o carro inteiro não é negócio, mas aquelas quatro rodinhas têm que acabar no meu papo".

Quando o Visconde apareceu na sala dentro do carrinho de paralítico, foi um berreiro.

— Viva o Visconde Sarrazani! — gritou Emília, e todos a acompanharam na aclamação.

O circo foi armado no pomar, num instantinho. Era todo faz de conta. O pano, as arquibancadas, os mastros, tudo faz de conta. Só não era faz de conta a cortina que separava o picadeiro dos bastidores, isto é, do lugar onde ficam os artistas antes de entrarem em cena. Pedrinho havia pendurado um cobertor velho feito cortina e arranjou-o de jeito que, sem sair do seu lugar, ele o manobrasse com um barbante, abrindo e fechando a passagem.

Emília exigiu palhaço, e para contentá-la o Visconde nomeou Quindim palhaço, apesar de o rinoceronte ser uma criatura muito grave, incapaz de fazer a menor graça. Roupa que servisse num palhaço daquele tamanho não existia, de modo que Pedrinho limitou-se a colocar na cabeça do "boi da África", como dizia Tia Nastácia, um chapeuzinho bicudo, como usam os palhaços do mundo inteiro. E só.

— E os artistas? — perguntou Dona Benta na hora do café, vendo o entusiasmo com que Pedrinho falava do circo.

— Isso ainda não sei — respondeu o menino. — O Visconde está guardando segredo.

Esses circos faz de conta são muito fáceis de arrumar, de modo que o grande circo matemático ficou pronto num instante. A "viagem" ia começar logo depois do café.

E assim foi. Tomado o café, todos se dirigiram ao circo. Dona Benta sentou-se na sua cadeirinha de pernas curtas, e os outros acomodaram-se nas arquibancadas, que não passavam de uns tantos tijolos postos de pé no chão limpo. Ao menor descuido, o tijolo revirava e era um tombo. O Marquês de Rabicó ficou amarrado à raiz duma pitangueira próxima, porque estava olhando com muita gula para as rodas do carrinho do Visconde. Quindim sentou-se sobre as patas traseiras, muito sério, com o seu chapeuzinho de palhaço no alto da cabeça.

— Pronto, senhor Sarrazani! — gritou Emília vendo o grupo inteiro já reunido. — Pode começar a bagunça.

O Visconde, sempre dentro do seu carrinho, gemeu um reumatismo, tossiu um pigarro e por fim falou:

— Respeitável público! Vou começar a viagem com a apresentação dos artistas, que acabam de chegar do País da Matemática. Peço a todos a maior atenção e respeito, porque isto é coisa muito séria e não a tal bagunça que a senhora Emília acaba de dizer — concluiu ele lançando uma olhadela de censura para o lado da boneca.

Emília deu o desprezo, murmurando "fedor!", e o Visconde prosseguiu:

— Atenção! Os artistas do País da Matemática vão entrar no picadeiro. Um, dois e... três! — rematou ele, estalando no ar o chicotinho.

Imediatamente o cobertor que servia de cortina abriu-se, e um grupo de artistas da Aritmética penetrou no recinto.

— São os ALGARISMOS! — berrou Emília, batendo palmas e já de pé no seu tijolo, ao ver entrar na frente o 1 e atrás dele o 2, o 3, o 4, o 5, o 6, o 7, o 8, o 9. Bravos! Bravos! Viva a macacada numérica!

Os algarismos entraram vestidinhos de roupas de acrobata e perfilaram-se em ordem, com um gracioso cumprimento dirigido ao respeitável público. O Visconde, então, explicou:

— Estes senhores são os célebres ALGARISMOS ARÁBICOS, com certeza inventados pelos tais árabes que andam montados em camelos, com um capuz branco na cabeça. A especialidade deles é serem grandes malabaristas. Pintam o sete uns com os outros, combinam-se de todos os jeitos formando NÚMEROS, e são essas combinações que constituem a ARITMÉTICA.

— Que graça! — exclamou a Emília. — Quer dizer, então, que a tal aritmética não passa de reinações dos algarismos?

— Exatamente! — confirmou o Visconde. — Mas os homens não dizem assim. Dizem que a aritmética é um dos gomos duma grande laranja azeda de nome Matemática. Os outros gomos chamam-se álgebra, geometria, astronomia. Olhem como os algarismos são bonitinhos. O que entrou na frente, o puxa-fila, é justamente o pai de todos — o senhor 1.

— Por que pai de todos? — perguntou Narizinho.

— Porque se não fosse ele os outros não existiriam. Sem 1, por exemplo, não pode haver 2, que é 1 mais 1; nem 3, que é 1 mais 1 mais 1 — e assim por diante.

— Nesse caso, os outros algarismos são feixes de uns! — berrou a boneca pondo as mãozinhas na cintura.

— Está certo — concordou o Visconde. — Os algarismos são varas. O 1 é uma varinha de pé. O 2 é um feixe de duas varinhas; o 3 é um feixe de três varinhas — e assim por diante.

Narizinho, muito atenta a tudo, notou a ausência de alguma coisa. Por fim gritou:

— Está faltando um algarismo, Visconde! Não vejo o zero!

— O zero já vem — disse o Visconde. — Ele é um freguês muito especial e o único que não é feixe de varas ou de uns. Sozinho não vale nada e por isso também é conhecido como nada. Zero ou nada. Mas, se for colocado depois dum número qualquer, aumenta esse número dez vezes. Colocado depois do 1 faz 10, que é dez vezes 1. Depois de 2 faz 20, que é dez vezes 2. Depois de 5 faz 50, que é dez vezes 5 — assim por diante.

— E depois de si mesmo? — quis saber Emília.

— Não faz nada. Um zero depois de si mesmo dá 00, e dois zeros valem tanto como um zero, isto é, nada. E também, se o zero for colocado antes de um número, deixa o número na mesma. Assim, 02, por exemplo, vale tanto como 2.

— E dez zeros enfileirados?

— Dez ou vinte ou mil zeros valem tanto como um, isto é, nada.

— Pois, sendo assim — disse Emília —, o tal senhor zero não é número nem coisa nenhuma. E, se não é número, que é então? Algum feiticeiro? Será o Mágico de Oz?...

O Visconde atrapalhou-se na resposta e para disfarçar gemeu o reumatismo. Mas Quindim, de dó dele, berrou no seu vozeirão de paquiderme africano:

— É um sinal, pronto!

O reumatismo do Visconde sarou imediatamente.

— Pois é isso — disse ele. — Um sinal. O zero é um sinal. Quem não sabe duma coisa tão simples?

A boneca e o rinoceronte piscaram um para o outro enquanto os algarismos passeavam pelo picadeiro e depois se colocavam de lado, às ordens do Visconde.

— Vou agora apresentar ao respeitável público — disse ele depois de estalar o chicotinho — um grupo de artistas velhos e aposentados, os tais ALGARISMOS ROMANOS, de uso naquela Roma que os irmãos Rômulo e Remo fundaram antigamente nas terras da Itália. Senhores algarismos romanos, para a frente!

A cortina abriu-se de novo, e apareceram sete artistas velhos e capengas, cobertos de pó e teias de aranha. Eram o I, o V, o X, o L, o C e o M. Fizeram uns cumprimentos de cabeça, muito trêmulos, e perfilaram-se adiante dos algarismos arábicos.

— Ora, bolas! — exclamou a boneca. — Isso são letras do alfabeto, não são algarismos. E está faltando o D! D, de doente. Com certeza ficou no hospital, gemendo os reumatismos...

— Os romanos — explicou o Visconde —, não tendo sinais especiais para figurar os algarismos, usavam essas sete letras do alfabeto. O I valia 1; o V valia 5; o X valia 10; o L valia 50; o C valia 100; o D valia 500 e o M valia 1 000.

— E quando queriam escrever o número 7, por exemplo? — indagou Pedrinho.

— Para escrever o 7, eles botavam o V com mais dois II à direita — explicou o Visconde. E dirigindo-se aos velhinhos:

— Vamos lá! Formem o número 7 para este menino ver.

O V adiantou-se, e a seu lado vieram colocar-se dois II, ficando uma figura assim: VII.

— Muito bem — disse o Visconde. — Formem agora o número 4. — Os romanos colocaram-se nesta posição: IV. E o Visconde explicou que uma letra de valor menor, colocada depois de outra, somava com ela, e colocada antes, diminuía. Por isso, VI era 6 e IV era 4. Em seguida, ele fez os artistas romanos formarem todas as posições, de modo que dessem todos os números, e ao lado de cada combinação botou o algarismo arábico correspondente. Formou-se no picadeiro uma figuração assim:

I	1	UM
II	2	DOIS
III	3	TRÊS
IV	4	QUATRO
V	5	CINCO
VI	6	SEIS
VII	7	SETE
VIII	8	OITO
IX	9	NOVE
X	10	DEZ

— Que complicação! — exclamou Emília. — Estou vendo que os árabes eram mais inteligentes que os romanos. E os números além de 10?

O Visconde mandou que os algarismos romanos formassem os números além de 10, e eles se colocaram assim: XI –11; XII — 12; XIII — 13; XIV — 14; XV — 15; XVI — 16; XVII — 17; XVIII — 18; XIX — 19; XX — 20; XXI — 21; XXII — 22, etc.

— E o 50, como é?

O Visconde deu ordem para a formação do 50, e imediatamente um L se adiantou, muito lampeiro.

— Pronto! — exclamou o Visconde. — Esse L quer dizer 50. Quem quiser representar 60, ou 70, ou 80, é só botar um X, dois XX ou três XXX depois do L, assim: LX, LXX, LXXX.

— E 100?

— Era o C. Duzentos eram dois CC. Trezentos, três CCC.

— E 500?

— Era o D, o tal que hoje não apareceu.

— E 1 000?

— Era o M. E, se esse M tinha um risquinho em cima, M ficava valendo um milhão, isto é, mil vezes 1 000.

— Muito bem — disse Narizinho. — Faça-os agora formarem o número do ano em que estamos, 1946.

O Visconde deu ordem, e os algarismos romanos colocaram-se deste jeito: MCMXLVI.

— Não entendo — berrou Emília. — Explique-se.

— Muito simples — disse o Visconde. — O primeiro M quer dizer 1 000. Temos depois outro M com um C à esquerda; ora, C é 100, e antes de M diminui em 100 esse M, o qual fica valendo 900. O resto é fácil.

— Fácil, nada! — protestou a boneca. — Fácil é a numeração dos árabes.

— E por isso mesmo os algarismos arábicos venceram os algarismos romanos — observou o Visconde. — Hoje são os únicos empregados nas contas. Os algarismos romanos ainda se usam, mas apenas para marcar capítulos de livros ou as horas, nos mostradores dos relógios. Quase que só.

Tia Nastácia, que tinha vindo da cozinha perguntar que sopa deveria fazer para o jantar, ficou de boca aberta diante da sabedoria do Visconde.

— Nem acredito no que estou vendo, sinhá! — disse ela sacudindo a cabeça. — Pois um hominho de sabugo, que eu fiz com estas mãos que Deus me deu, não é que está um sábio de verdade, desses que dizem coisas que a gente não entende? Credo!

— Não entende você, que é uma analfabeta — respondeu Dona Benta. — Todos os outros, até a Emília, estão entendendo perfeitamente o que ele diz. O Visconde acaba de falar da numeração romana e não errou nada. Creio que foi o Quindim quem lhe ensinou isso.

— Há de ser — concordou a negra. — Eu é que não fui. A única coisa que eu quis ensinar a esse diabinho, ele fez pouco-caso.

— Que foi?

— Eu quis ensinar ao Visconde uma reza muito boa para bicho arruinado. Sabe o que me respondeu, depois de fazer carinha de dó de mim? Que isso de reza para bicho arruinado era su... super... Como é mesmo?

— Superstição de negra velha, não foi isso?

— Tal e qual, sinhá.

— Pois é isso. Os sábios só acreditam na ciência, e o Visconde é um verdadeiro sábio. Faça sopa de macarrão, ouviu?

Tia Nastácia retirou-se para a cozinha, de beiço espichado, sempre com os olhos no Visconde.

— Credo! Figa, rabudo! — ia ela dizendo.

MAIS ARTISTAS DA ARITMÉTICA

Depois da apresentação dos algarismos, o Visconde estalou o chicote, e todos os artistas, arábicos e romanos, recolheram-se aos bastidores.

— Agora — disse ele — tenho de apresentar ao respeitável público algumas madamas que também são artistas da aritmética. A primeira é essa que vem vindo.

Vinha entrando uma senhora magricela, muito esticadinha para trás.

— Esta é Dona UNIDADE — explicou o Visconde — e, assim como o 1 é o pai de todos os algarismos, assim também Dona Unidade é a mãe de todas as quantidades de coisas. Nenhuma quantidade de qualquer coisa pode existir sem ela. Quando alguém diz, por exemplo, 5 laranjas, está se referindo a uma quantidade de laranjas; e, nessa quantidade, 1 laranja é a unidade. Quando alguém diz 100 papagaios, a unidade é papagaio.

— Passe adiante — berrou Emília. — Isso é fácil demais.

O Visconde deu nova ordem. Dona Unidade fez um cumprimento de cabeça e retirou-se, sempre muito esticadinha para trás. Apareceu outra madama, gorda e satisfeita da vida; entrou e foi logo dizendo:

— Eu sou a QUANTIDADE. Sirvo para indicar uma porção de qualquer coisa que possa ser contada, pesada ou medida. Quando alguém pergunta "que quantidade de gente há aqui neste circo?", eu conto as pessoas e respondo: "Há 8 pessoas". Oito pessoas é uma quantidade. Se alguém pergunta "quantos quilos pesa esse rinoceronte?", eu peso o Quindim e respondo: "Pesa 2 000 quilos". Dois mil quilos é uma quantidade. Se alguém pergunta "que altura tem a Emília?", eu meço a Emília e respondo: "Tem 2 palmos". Dois palmos é uma quantidade. Estão entendendo?

— Está claro que estamos. Para entender coisas, não há como nós — respondeu a boneca.

Dona Quantidade riu-se daquela gabolice e continuou:

— Devo explicar ao respeitável público que as quantidades se dividem em duas espécies — QUANTIDADES HOMOGÊNEAS e QUANTIDADES HETEROGÊNEAS. Vinte laranjas ou 10 laranjas, por exemplo, são quantidades homogêneas, isto é, da mesma qualidade. Mas, se alguém fala em 10 laranjas e 5 papagaios, então está falando de quantidades heterogêneas, porque laranjas e papagaios não são coisas iguais — são coisas de espécies diferentes.

— Duas bonecas e 2 rinocerontes são quantidades homogêneas ou heterogêneas? — perguntou Dona Benta voltando-se para a boneca.

— Heterogeníssimas — respondeu Emília.

— Por quê?

— Porque os rinocerontes têm chifre no nariz e as bonecas nem nariz têm.

— Diga logo que são seres de espécies diferentes, porque a única diferença que há entre uma boneca e um rinoceronte não é apenas essa de chifre no nariz. É também que um diz asneirinhas e outro não...

Mas a atenção da Emília já estava noutro ponto, de modo que interrompeu Dona Benta dizendo:

— E que lhe parecem aqueles números que vêm entrando, vestidos de vermelho?

Realmente, vinham entrando o 2, o 4, o 6, o 8 e o 0, todos vestidinhos de fardas vermelhas. O Visconde explicou que eram os NÚMEROS PARES.

— São os números pares — disse ele —, e todos os mais números que terminarem com qualquer desses vermelhinhos também são números pares. Os que vão entrar agora, vestidos de farda verde, são os NÚMEROS ÍMPARES.

Entraram cinco periquitos verdinhos — o 1, o 3, o 5, o 7 e o 9; fizeram uma cortesia e retiraram-se.

Emília teve uma ideia luminosa. Bateu na testa, riu-se e perguntou aos berros:

— Uma coisa! Vamos ver quem sabe. Por que é que o par é ímpar?

Todos abriram a boca, sem perceber onde ela queria chegar.

— Não sabem? Por uma razão muito simples: porque só tem três letras e o número 3 é imparíssimo!...

Foi um "oh!" geral de desapontamento — mas Emília ganhou um ponto.

MANOBRAS DOS NÚMEROS

Terminada a apresentação dos artistas da aritmética, o Visconde começou a explicar como é que eles manobram lá entre si, de jeito a indicar de um modo fácil todas as quantidades que existem, por menores ou maiores que sejam. E o respeitável público viu que só com aqueles dez artistas podiam formar-se números enormíssimos, capazes até de numerar todas as estrelas do céu e todos os peixes do mar.

Com um 1 na frente de outro 1, formava-se o 11; com o 1 e o 2, formava-se o 12; com o 1 e o 3, formava-se o 13 — e do mesmo modo o 14, o 15, o 16, o 17, o 18, o 19.

— Depois — disse o Visconde — começa a casa do 20, que é um 2 com um 0 em seguida. E assim temos o 21, o 22, o 23, o 24, etc, até o 29. Depois começa a casa do 30, e temos, a seguir, o 31, 32, 33, 34, etc, até o 39. Depois começa a casa do 40 e a do 50, do 60, do 70, do 80 e do 90. O 90 vai indo — 91, 92, 93, 94, etc, até o 100.

— Isso eu já sabia antes de nascer — disse Narizinho.

— Depois do 100, vem o 101, o 102, o 103, etc. Adiante!

— Bom — disse o Visconde —, nesse caso vou explicar outra coisa. Vou explicar que 10 unidades formam uma DEZENA. Dez dezenas formam uma CENTENA. Dez centenas formam um MILHAR. Dez milhares formam uma DEZENA de MILHAR. Dez dezenas de milhar formam uma CENTENA DE MILHAR. Dez centenas de milhar formam um MILHÃO. Vou escrever um número e dividir as casas.

— Que casas? — indagou Emília.

— As casas das unidades, das dezenas, das centenas, etc. — E o Visconde escreveu no chão este número:

845768963524637

Depois desenhou uma casinha para as unidades, outra para os milhares, outra para os milhões, outra para os bilhões e outra para os trilhões, assim:

— Na casa das unidades — explicou ele — há três janelinhas. A primeira, ocupada pelo 7, é a janela das unidades simples; a segunda, ocupada pelo 3, é a janela das dezenas de unidade; a terceira, ocupada pelo 6, é a janela das centenas de unidade.

"Depois temos a casa vizinha, onde moram os milhares. A primeira janela, ocupada pelo 4, é a janela dos milhares simples; a segunda, ocupada pelo 2, é a janela das dezenas de milhar; a terceira, ocupada pelo 5, é a janela das centenas de milhar. Depois temos a terceira casa, onde moram os milhões..."

— Milhão é milho grande. Logo, a casa dos milhões é o paiol! — gritou Emília, que não perdia ocasião de fazer graça.

Todos riram-se e o Visconde continuou:

— A primeira janela, ocupada pelo 3, é a janela dos milhões simples;

a segunda, ocupada pelo 6, é a janela das dezenas de milhão; a terceira, ocupada pelo 9, é a janela das centenas de milhão.

"Depois temos a quarta casa, onde moram os bilhões. Na primeira janela ficam os bilhões simples; na segunda ficam as dezenas de bilhão; e na terceira ficam as centenas de bilhão."

"A quinta casa é a dos trilhões. Há os trilhões simples, as dezenas de trilhão e as centenas de trilhão. Depois vem a casa dos quatrilhões, dos quintilhões, dos sextilhões, dos setilhões, dos octilhões, dos nonilhões, etc."

— Olhem como o Quindim ficou alegre! — observou a boneca. — De tanto "leões" que ouviu falar, lembrou-se da África e está sorrindo...

O Visconde não achou graça; limitou-se a dar ordem aos artistas árabes para se colocarem em posição e formarem um número bem grande. Os algarismos obedeceram, formando este número:

543784932141357362439567435932143

— Agora — disse ele —, em vez de fazer as casinhas, vou marcar o lugar das casinhas com uma vírgula, da direita para a esquerda:

543, 784, 932, 141, 357, 362, 439, 567, 435, 932, 143

— Isto é para facilitar a leitura do número. Temos aqui as casas das unidades, dos milhares, dos milhões, dos bilhões, dos trilhões, dos quatrilhões, dos quintilhões, dos sextilhões, dos setilhões, dos octilhões e a dos nonilhões. A lá do fim é a das unidades, e a daqui do começo é a dos nonilhões. Vamos ver quem lê este número sem engasgar pelo caminho — concluiu ele, certo de que ninguém era capaz. Mas a espertíssima Emília leu certinho.

— Quinhentos e quarenta e três nonilhões, setecentos e oitenta e quatro octilhões, novecentos e trinta e dois setilhões, cento e quarenta e um sextilhões, trezentos e cinquenta e sete quintilhões, trezentos e sessenta e dois quatrilhões, quatrocentos e trinta e nove trilhões, quinhentos e sessenta e sete bilhões, quatrocentos e trinta e cinco milhões, novecentos e trinta e dois milhares e cento e quarenta e três unidades. Ufa!

Foi um sucesso a leitura da Emília. Dona Benta até tirou os óculos para esfregar os olhos de tão assombrada. Quindim, que estava cochilando, ergueu a cabeça como quem diz mentalmente "sim, senhora!". Rabicó piscou sete vezes, e Pedrinho mordeu os lábios de inveja, porque ele não era capaz de ler duma assentada, sem um só erro, aquele número tão grande. Emília ficou toda ganjenta, com os olhinhos acesos.

Em seguida, o Visconde explicou o que era REGRA.

— Regra é o modo sempre igual de se fazer uma coisa — disse ele. — Temos regras para tudo e também para ler os números grandes como este. A regra aqui é dividi-lo com um espacinho, de três em três algarismos, começando da direita para a esquerda. Vamos ver outro exemplo — e mandou que os algarismos formassem este número:

45365462878

— Venha, Narizinho, separar as casas.

A menina separou os algarismos assim, com espacinhos da direita para a esquerda:

45 365 462 878

— Muito bem. Agora leia.

Narizinho leu imediatamente:

— Quarenta e cinco bilhões, trezentos e sessenta e cinco milhões, quatrocentos e sessenta e dois milhares e oitocentas e setenta e oito unidades.

— Bravos! — exclamou o Visconde, enquanto a menina botava a língua para a boneca, que não deixou de ficar desapontada de ver que Narizinho lia os números grandes tão bem quanto ela. Mas Emília consolou-se murmurando com cara de pouco-caso que aquele número era uma pulga perto do seu.

Em seguida, o Visconde explicou que o serviço principal dos números era indicar as somas de dinheiro, porque o dinheiro é a coisa mais importante que há para os homens.

— Por quê? — perguntou a boneca. — Para mim dinheiro não tem importância nenhuma. Dou o desprezo...

— Para as bonecas não terá, mas para os homens tem muitíssima, porque o dinheiro é uma coisa que se transforma em tudo quanto eles desejam. Se eu tenho um pacote de dinheiro, posso transformá-lo numa casa, numa vaca de leite, num passeio à Europa, num terreno, numa porção de ternos de roupa, numa confeitaria inteira de doces, num automóvel — em tudo quanto eu queira. Daí vem a importância do dinheiro e a fúria dos homens para apanhar a preciosa substância. Quem tem uma casa, tem uma casa e nada mais; mas quem tem dinheiro tem o meio de ter tudo quanto imagina. O dinheiro é a única substância mágica que existe. Em vista disso, vou apresentar ao respeitável público a senhora QUANTIA, que é a dama mais orgulhosa da cidade da Aritmética, pelo fato de só lidar com dinheiro.

Desta vez o Visconde não estalou o chicote, como fizera para chamar os artistas arábicos e romanos, mas entrou nos bastidores e, fazendo mil salamaleques, de lá trouxe pela mão a grande dama.

— Respeitável público! — disse ele, comovido. — Tenho a honra de introduzir a ilustríssima senhora Dona Quantia, a grande dama que só lida com dinheiro.

Dona Quantia era um poço de orgulho. Veio de lornhão erguido e cabeça alta, olhando para todos com grande insolência. Estava vestida duma fazenda feita de notas de 500 cruzeiros e trazia colar, cinto e pulseira de moedas. Em seu peito havia, bordado a fio de ouro, um sinal assim: $, que é o sinal do dinheiro. Toda ela tilintava: tlim, tlim, tlim, tlim.

— Já sei — cochichou Emília ao ouvido da menina. — Essa "númera" que só lida com dinheiro é filha da outra, quer ver? — E criando coragem gritou para a emproadíssima dama:

— A senhora tem os traços de Dona Quantidade. Vai ver que é filha dela...

A grande dama mirou a boneca de alto a baixo com o lornhão e dignou-se a responder.

— Sim, espirrinho de gente, sou filha da Quantidade; mas, enquanto minha pobre mãe lida com todas as coisas que existem, eu só lido com dinheiro. Cada país tem o seu dinheiro, e vocês no Brasil tiveram o mesmo dinheiro do velho Portugal. A unidade do dinheiro no Brasil era o REAL — a menor de todas as unidades de dinheiro do mundo. Isso fez que, para comodidade dos negócios, a unidade se tornasse o MIL-RÉIS ou o MIL RÉIS, como escrevem os estrangeiros — e o absurdo ficou de bom tamanho porque era uma unidade igual a um milhar. A aritmética gemia de dor. Afinal veio o CRUZEIRO, e a velha moeda herdada de Portugal foi para as coleções dos numismatas.

— Que bichos são esses? — indagou Pedrinho.

— Numismata — explicou Dona Quantia — é o sujeito que coleciona moedas; e a arte de colecionar moedas se chama Numismática. Havia, antigamente, moedas de 20 e 40 réis, feitas de cobre. Com o tempo ficavam verdes de azinhavre. Foi uma limpeza desaparecerem essas imundícies.

— É, mas, quando hoje aparece um pobre bem pobre, a gente bem que sente falta delas — observou Emília.

— Por quê? — indagou Dona Benta, admirada.

— Porque quando o pobre é bem pobre, dos bem sujinhos, a gente tem dó de dar um tostão...

Dona Benta trocou um olhar com o rinoceronte, como quem diz: "Já se viu que diabinha?" Dona Quantia continuou:

— Hoje[1], a moeda menor do Brasil é a de 10 centavos ou o TOSTÃO. Vem depois a de 20 e a de 50 centavos. Em seguida vêm as "pratas" de 1, 2 e 5 cruzeiros.

— E depois vêm as "notas"! — berrou Pedrinho, que era muito entendido no assunto e possuía uma velha nota de 10 mil-réis.

— As novas notas do Brasil — continuou Dona Quantia — são de 10, 20, 50, 100, 200, 500 e 1 000 cruzeiros. Acabou-se o antigo CONTO DE RÉIS. Em vez do conto de réis, temos MIL CRUZEIROS.

— E como se escreve a moeda nova? — quis saber Narizinho.

— Do mesmo modo que a antiga, menos um zero e com o CIFRÃO na frente, precedido de CR. O cifrão é este sinal que tenho pregado no peito e o mundo inteiro usa para indicar dinheiro.

Nesse momento entraram quatro figurões muito interessantes. Um, de charuto na boca e cartola na cabeça, parecia o rei do mundo. Os outros dois eram dois zeros parecidos com aqueles Malempeor dos desenhos argentinos. E o último era o 1, com a sua carinha de pai da vida. O Visconde explicou:

---

1 Atualmente nossa moeda é o real. (N. do E.).

— Esta formação Leblântica[2] representa o velho real antigo, isto é, a antiga unidade monetária do Brasil.

Emília deu uma gargalhada gostosa.

— Incrível! — disse ela. — Para representar 1 real, que é a quantidade de dinheiro mais pulga que existe no mundo, o Le Blanc teve de mobilizar quatro figurões, um charuto, uma cartola, dois chapéus furados e mais um apenas amarrotado. Bem diz Tia Nastácia: quanto mais magro, mais cheio de pulgas...

O real danou com a observação, e o Visconde disse:

— A unidade monetária do Brasil de hoje escreve-se assim: Cr$ 1,00; e lê-se UM CRUZEIRO. Os dois zeros marcam a casa das dezenas, as quais agora são os CENTAVOS, isto é, CEM AVOS, porque o cruzeiro se divide em cem pedacinhos ou avos. É uma moeda decimal, como o dólar, o peso, o franco. Muito mais racional e cômoda do que o velho réis, plural do real, que era tão irreal que nunca existiu amoedadamente.

— O mil-réis — disse Pedrinho — tinha o defeito de exigir muitos zeros. Era zero que não acabava mais...

— Isso mesmo. Para escrever cem contos, empregavam-se 8 zeros, além dos dois pontos indicativos de contos e do meu pobre cifrão colocado lá atrás — um desaforo! A coisa ficava assim — 100:000$000. Na moeda nova, essa mesma quantia de dinheiro escreve-se assim: Cr$ 100 000,00; e lê-se cem mil cruzeiros.

— E como ficou o mil contos?

— Ficou um milhão de cruzeiros.

— E o 1$500, o 1$650?

---

2 De Le Blanc, o primeiro ilustrador dos livros de Lobato.

— Ficaram assim: Cr$ 1,50 e Cr$ 1,65. Basta cortar um zero e passar o cifrão para a frente.

Pedrinho tirou do bolso a sua velha nota de 10$000 e contemplou-a com olhos cheios de saudades.

— Coitadinha! — murmurou, suspirando. — Tenho de trocá-la por uma de 10 cruzeiros, mas a minha sensação vai ser de ter ficado mais pobre. Vou passar de dono de dez mil para dono de dez apenas...

— Aquela grandeza antiga não passava duma ilusão de ótica. O sistema novo é muito mais racional.

Dona Quantia guardou o lornhão no cinto e indagou com voz enfarada:

— Querem mais alguma coisa?

— Queremos que a senhora nos arranje alguns milhares de cruzeiros — disse Pedrinho.

— Dinheiro ganha-se — respondeu ela. — Se quer tantos cruzeiros, cresça, trabalhe e ganhe-os — disse e retirou-se majestosamente pelo braço do Visconde.

Todos se entreolharam.

— Já viram emproamento maior? — observou Emília. — Essa bruxa, só porque serve para indicar dinheiro, já está assim que ninguém a atura. Imaginem se em vez de indicar dinheiro ela possuísse dinheiro de verdade, aos contos ou aos milhares de cruzeiros! Fedorenta...

Na noite desse dia, os meninos só sonharam com os artistas da aritmética. Narizinho contou o seu sonho ao Le Blanc.

ACROBACIAS DOS ARTISTAS ARÁBICOS

Depois da retirada de Dona Quantia, houve uma interrupção no espetáculo, causada pelo japonês da horta, que veio saber de Dona Benta como ela queria o canteiro das alfaces. Pedrinho aproveitou o ensejo para indagar de Quindim por que motivo estava tão casmurro. Mais parecia um peixe do que um paquiderme africano. O rinoceronte andava adoentado, queixando-se de nostalgia, isto é, de saudades da África, a sua terra de nascimento.

— Não há de ser isso — disse o menino. — Você o que tem são bichas. Fale com Tia Nastácia. Ela faz um chazinho de hortelã que é um porrete para bichas. Nostalgia uma ova! Saudades da África, duma terra tão quente e cheia de insetos terríveis? Só o fato de você estar livre das moscas tsé-tsé, as tais que dão a doença do sono, quanto não vale?

Quindim riu-se e ia dizer que não havia mosca que o picasse por causa daquela couraça que tinha no lombo, quando Dona Benta voltou à sua cadeira e o espetáculo prosseguiu. O Visconde pôs-se de pé no carrinho e disse:

— Respeitável público. Os artistas arábicos vão agora fazer diversas acrobacias muito interessantes, chamadas CONTAS ou OPERAÇÕES FUNDAMENTAIS da aritmética. São as reinações dos números, e têm esse nome de fundamentais porque essas contas constituem os fundamentos ou a base de todas as matemáticas. Quem sabe essas contas já sabe muita coisa e pode perfeitamente viver neste mundo de Cristo.

— Quais são elas? — quis saber a menina.

— Primeiro, temos a reinação que aumenta, chamada SOMA ou CONTA DE SOMAR. Depois temos a reinação que diminui, chamada SUBTRAÇÃO ou CONTA DE SUBTRAIR. Depois temos a reinação que multiplica, chamada MULTIPLICAÇÃO ou CONTA DE MULTIPLICAR. E por último temos a reinação que divide, chamada DIVISÃO ou CONTA DE DIVIDIR.

— Isso eu já nasci sabendo — disse Pedrinho. — Na vida a gente vive somando, diminuindo, multiplicando e dividindo coisas, mesmo sem conhecer nada de aritmética.

— É que a gente sabe sem saber que sabe — explicou o Visconde. — Mas, antes de mostrar essas reinações, quero apresentar ao respeitável público a coleção de SINAIS ARITMÉTICOS, uns risquinhos que ajudam os números nas suas acrobacias.

O chicote estalou, e os sinais aritméticos começaram a entrar no picadeiro. À frente de todos veio uma cruzinha assim:

Este é o sinal de MAIS — explicou o Visconde. — Serve para somar. Sempre que a cruzinha aparece depois dum número, isso quer dizer que esse número tem que juntar-se, ou somar-se, ao número que vem em seguida.

Todos bateram palmas, porque isso de mais é sempre melhor do que menos.

O segundo sinal que se apresentou foi o sinal de MENOS, um simples tracinho horizontal, assim:

—

— Este freguês — explicou o Visconde — diminui. — Quando aparece entre dois números, quer dizer que temos de tirar do primeiro número o outro, ou diminuir. Ninguém bateu palmas.

O terceiro sinal era um xis, assim:

— Este é o sinal de MULTIPLICAR — disse o Visconde. — Quando aparece entre dois números, quer dizer que um tem que ser multiplicado pelo outro.

— Então é parente do MAIS — observou Emília. — Os dois aumentam.

— Perfeitamente — concordou o Visconde; — mas o sinal de multiplicar aumenta muitas vezes. É poderoso.

— Então, viva — gritou a boneca. — Gosto das coisas poderosas.

O quarto sinal eram dois pontos separados por um tracinho, assim:

— Este é o sinal de DIVIDIR. Quando aparece entre dois números, quer dizer que o segundo divide o primeiro.

— Não gosto — resmungou Emília. — Divisão não é comigo. O que é meu, é meu só. Não divido nada com ninguém.

O quinto sinal era formado de dois tracinhos paralelos, assim:

$$=$$

— Este é o sinal de IGUALDADE — explicou o Visconde. — Quando está entre duas coisas, quer dizer que uma é igual à outra.

O sexto sinal, mais complicadinho, tinha esta forma:

O Visconde explicou que esse sinal indicava uma nova reinação que um número fazia sozinho, chamada RAIZ QUADRADA ou simplesmente RAIZ.

— Raiz de quê? — interrompeu Emília. — Raiz de mandioca, raiz de árvore?

— Não é só mandioca ou árvore que tem raiz. Os números também têm a sua raiz aritmética.

— Aritmética — corrigiu Emília, que implicara com o T dessa palavra e o estava sabotando.

— E os sinais são só esses?

— Sim. Queria mais? Só com esses, já os homens fazem todas as contas da aritmética.

— E aquele cidadão que vem vindo sem ser chamado? — perguntou Emília apontando para um senhor de ar carrancudo que vinha vindo.

— Aquele é o PROBLEMA — explicou o Visconde. — Um sujeito que gosta de ser resolvido, espécie de charada. Ele dá umas tantas indicações e, por meio delas, a gente tem de descobrir o xis, isto é, descobrir uma terceira coisa.

— Que ar grave e casmurro ele tem!

— Não é para menos. Todos os problemas vivem preocupados em encontrar uma certa senhora dona.

— Quem é ela?

— Dona SOLUÇÃO, justamente a que vem entrando.

Vinha entrando uma dama de rosto alegre e ar feliz, verdadeira cara de quem acaba de descobrir a pólvora. E muito pernóstica.

— Respeitável público! — disse ela com desembaraço.— Eu sou a Solução, a criatura que ali o senhor Problema vive procurando. Quando ele me acha, fica logo risonho, sem aquele ar fúnebre e preocupado que vocês lhe notaram. Sou uma criatura importantíssima, porque o mundo anda cheio de problemas de todas as espécies, de modo que os homens não têm sossego enquanto eu não apareço.

— Mas como a senhora resolve os problemas? — perguntou Narizinho.

— De mil modos, e aí está a minha ciência. Resolvo todos os problemas e ensino aos homens o jeitinho de resolvê-los. Sou uma danada.

— Estou vendo — disse Emília. — Assim que a senhora entrou, o senhor Problema, que estava tão casmurro, deu um suspiro e uma risadinha.

— E aquela madama lá, Visconde? — indagou Pedrinho, apontando para uma criada que viera atrás de Dona Solução.

— Aquela é a PROVA. Sua especialidade consiste em ver se as contas da patroa estão certas.

— E como consegue isso?

— Consegue-o fazendo a mesma conta de outro jeito. Se o resultado for o mesmo, então é que a conta está certa.

Quindim continuava de olhos fechados, cabeceando, e isso muito preocupava Pedrinho. E se o rinoceronte de fato estivesse doente? E se morresse? Pedrinho teve uma ideia. Virou-se para Dona Solução e disse:

— Minha senhora, estamos aqui no sítio com um problema muito sério: o estado de saúde do nosso grande amigo Quindim. Ela está nostálgico e sorumbático. Perdeu o apetite. Não brinca mais. E nem sequer presta atenção a um espetáculo tão interessante como este. A senhora, que é uma grande resolvedora de coisas, por que não nos resolve o problema da doença de Quindim?

A dama olhou para o paquiderme e disse, sorrindo:

— O problema do seu amigo Quindim é um problema médico, e eu só resolvo problemas aritméticos. Sinto muito, mas nada posso fazer em semelhante caso.

Depois deste discursinho, a ilustre dama retirou-se do picadeiro, seguida do senhor Problema e de todos os sinais aritméticos.

— E agora? — indagou a boneca.

— Agora acabou-se a primeira parte — respondeu o Visconde.

— Isto foi apenas a apresentação dos personagens que fazem as reinações aritméticas. Tenho que interromper o espetáculo por alguns minutos para fazer uma fomentação no meu reumatismo.

Dona Benta aproveitou a folga para ir dar umas ordens a Tia Nastácia, enquanto Narizinho e Pedrinho trepavam na pitangueira que estava assim de pitangas vermelhas. Esperar comendo pitangas é das melhores coisas do mundo.

A PRIMEIRA REINAÇÃO

O Visconde fez a fomentação de seu reumatismo e, enquanto esperava pelos espectadores, deu uma prosinha com Rabicó.

— Então — perguntou ele —, está gostando da festa? — Rabicó, sempre amarrado ao galho da pitangueira, suspirou.

— Esses assuntos científicos não me dizem nada. Nasci para comer e só me interesso por comidas. De todas as histórias que ouvi, gostei apenas do tal sinal de raiz. Até me veio água à boca. Sou amigo de raízes — de mandioca, de inhame, todas. Quem sabe se essa raiz aritmética não é das gostosas?

O Visconde olhou para ele com ar de dó, mas não fez nenhum comentário, porque os espectadores já vinham voltando. Dona Benta ajeitou-se na sua cadeirinha. A menina e Pedrinho, com os lábios vermelhos das pitangas, pularam da pitangueira para cima dos seus tijolos. Emília foi colocar-se de cócoras sobre a cabeça de Quindim, que se escarrapachara no chão para dormir. O Visconde tossiu o pigarro e gritou:

— Atenção, respeitável público! O espetáculo vai começar. Os algarismos arábicos vão fazer a reinação número 1, que se chama SOMAR — disse e estalou o chicote. Imediatamente a cortina se abriu e os algarismos entraram, colocando-se em linha no picadeiro.

— Primeiro explique o que é somar — reclamou Emília. — Eu sei o que é, mas quero ver se estou certa.

— Somar — respondeu o Visconde — é juntar dois ou mais números num só. Os números que se juntam recebem o nome de PARCELAS, e o resultado da juntação recebe o nome de SOMA ou TOTAL. Vou dar um exemplo.

O Visconde mandou que dois algarismos quaisquer saíssem da forma e viessem somar-se no centro do picadeiro. Adiantaram-se o 5 e o 7, colocando-se no centro do picadeiro, separados por uma cruzeta de madeira representando o sinal mais.

— Muito bem — disse o Visconde. — Agora somem-se. Houve um passe de mágica. O 5 e o 7 fundiram-se um no outro, e surgiu como resultado um número novo, o 12, que era a soma dos dois.

— Pronto! — exclamou o Visconde. — Vou agora fazer o 9 juntar-se a outro número, ao 6, por exemplo.

O 9 saiu da forma e juntou-se ao 6, formando o número 15.

— Faça agora o 3 juntar-se ao 2 — pediu a boneca.

O Visconde deu a ordem, e o 3 juntou-se ao 2, formando o número 5.

— Muito bem — disse Dona Benta. — Resta agora que a criançada decore a tabuada de somar. Sem saber de cor, bem decoradinha, essa tabuada, não há no mundo quem some.

O Visconde concordou e escreveu num papel a seguinte tabuada, que todos deveriam decorar.

ARITMÉTICA DA EMÍLIA

2 + 1 = 3	3 + 1 = 4	4 + 1 = 5	5 + 1 = 6
2 + 2 = 4	3 + 2 = 5	4 + 2 = 6	5 + 2 = 7
2 + 3 = 5	3 + 3 = 6	4 + 3 = 7	5 + 3 = 8
2 + 4 = 6	3 + 4 = 7	4 + 4 = 8	5 + 4 = 9
2 + 5 = 7	3 + 5 = 8	4 + 5 = 9	5 + 5 = 10
2 + 6 = 8	3 + 6 = 9	4 + 6 = 10	5 + 6 = 11
2 + 7 = 9	3 + 7 = 10	4 + 7 = 11	5 + 7 = 12
2 + 8 = 10	3 + 8 = 11	4 + 8 = 12	5 + 8 = 13
2 + 9 = 11	3 + 9 = 12	4 + 9 = 13	5 + 9 = 14
2 + 10 = 12	3 + 10 = 13	4 + 10 = 14	5 + 10 = 15

6 + 1 = 7	7 + 1 = 8	8 + 1 = 9	9 + 1 = 10
6 + 2 = 8	7 + 2 = 9	8 + 2 = 10	9 + 2 = 11
6 + 3 = 9	7 + 3 = 10	8 + 3 = 11	9 + 3 = 12
6 + 4 = 10	7 + 4 = 11	8 + 4 = 12	9 + 4 = 13
6 + 5 = 11	7 + 5 = 12	8 + 5 = 13	9 + 5 = 14
6 + 6 = 12	7 + 6 = 13	8 + 6 = 14	9 + 6 = 15
6 + 7 = 13	7 + 7 = 14	8 + 7 = 15	9 + 7 = 16
6 + 8 = 14	7 + 8 = 15	8 + 8 = 16	9 + 8 = 17
6 + 9 = 15	7 + 9 = 16	8 + 9 = 17	9 + 9 = 18
6 + 10 = 16	7 + 10 = 17	8 + 10 = 18	9 + 10 = 19

Emília examinou-a com toda a atenção e disse:

— Mas aqui só está a soma dos números pequenos, que vão de 2 a 9. E depois de 9? Como se somam os números compridos?

— Isso já é mais complicado. Temos que fazer uma conta. O melhor é chamar Dona Regra para ensinar o jeitinho — disse o Visconde, estalando o chicote.

Dona Regra apareceu.

— Faça o favor de explicar ao respeitável público como se faz uma soma de números grandes.

— Com todo o gosto — respondeu a madama. — Mas não estou vendo aqui nenhum quadro-negro. Sem quadro-negro nada posso fazer.

De fato, o empresário do circo havia esquecido de arranjar um quadro-negro. Só não se esquecera de arranjar um giz, mas de que vale giz sem quadro-negro? Houve um momento de embaraço. Todos se entreolharam, sem saber como resolver o caso, até que Emília veio com uma das suas ideias geniais.

— Quindim pode muito bem virar quadro-negro — disse ela. — A casca dele é ótima para ser riscada com giz. Já fiz a experiência.

— Mas Quindim é o palhaço — objetou Pedrinho.

— Qual palhaço, nada! — exclamou a boneca. — Um palhaço desses, que não faz a menor graça e dorme o tempo inteiro, o melhor é que vire quadro-negro.

A ideia foi aprovada e o rinoceronte virou quadro-negro. Moveu-se com muita preguiça para o centro do picadeiro, de modo que Dona Regra pudesse fazer a conta na sua casca.

— Muito bem — disse a madama, um tanto ressabiada. — Mas será que esse bicho não morde?

— Não tenha medo, dona! — berrou Emília. — Quindim é um anjo de bondade. Não chifra nem pulga.

Dona Regra criou coragem e aproximou-se do paquiderme com giz na mão, dizendo:

— Que números querem que eu some?

— Some os números 25 679, 838 e 26 — pediu Pedrinho. Dona Regra escreveu esses números no quadro-negro, assim,

$$\begin{array}{r} 25\ 679 \\ 838 \\ \underline{26} \end{array}$$

com um tracinho embaixo. Depois disse:

— Esses números recebem o nome de PARCELAS. Temos aqui três parcelas, a de cima, a do meio e a de baixo. Reparem que elas ficam alinhadas da direita para a esquerda formando colunas. Há a coluna das unidades simples, formada pelos números 9, 8 e 6. Há a coluna das dezenas, formada pelos números 7, 3 e 2. Há a coluna das centenas, formada pelos números 6 e 8. Há a coluna dos milhares, formada pelo número 5. E há a coluna das dezenas de milhar, formada pelo número 2. Estão entendendo?

— Está claro que estamos — berrou a Emília. — A senhora não está lidando com cavalgaduras.

— Folgo muito — disse Dona Regra, sorrindo. — Vamos agora fazer a soma. Para isso a gente começa da direita para a esquerda e soma a coluna das unidades simples. Temos 9 + 8 + 6. Quem sabe quanto é 9 mais 8 mais 6?

— Eu sei!— gritou Pedrinho. — 9 mais 8 é igual a 17; e 17 mais 6 é igual a 23. Logo, a soma dessa coluna é igual a 23.

— Muito bem. A soma dessa coluna é igual a 23. Embaixo do risco a gente escreve o 3 do 23 e leva para cima o 2 que sobra, a fim de o somar com a segunda coluna, que é a das dezenas. Essa coluna é composta de que algarismos, menina?

— Do 7, do 3 e do 2 — respondeu Narizinho.

— Muito bem. E qual a soma desses algarismos?

— 7 mais 3 e mais 2 é igual a 12 — responderam todos a um tempo.

— Muito bem. A gente soma a esse 12 o 2 que veio de trás e obtém 14. Depois escreve-se o 4 desse 14 embaixo do risquinho e leva-se para cima o 1 que sobra, a fim de o somar com os algarismos da terceira coluna, que é a das centenas. Essa coluna é composta dos algarismos 6 e 8. Quanto é 6 mais 8?

— Catorze!

— Muito bem. A gente soma a esse 14 o 1 que veio de trás e obtém 15. Escreve-se embaixo do risquinho o 5 desse 15 e leva-se para cima o 1 que sobra, a fim de o somar com os algarismos da quarta coluna, que é a dos milhares.

— Está errado! — berrou Emília.

— Por quê? — perguntou Dona Regra, muito admirada.

— Porque a senhora falou em "algarismos" da quarta coluna, e a quarta coluna não tem "algarismos", só tem um algarismo, que é o 5.

— É verdade — disse Dona Regra olhando para o quadro-negro. — Queira desculpar-me. Foi um lapso. Mas, como eu ia dizendo, a gente leva o 1 que sobra do 15 para o somar com o algarismo da quarta coluna, o que dá 6. Escreve-se esse 6 embaixo do risquinho. Resta agora somar a quinta coluna, mas como ela é composta apenas daquele 2, a gente desce o coitado para baixo do risquinho. E, então, a conta fica assim:

$$\begin{array}{r} 25\ 679 \\ 838 \\ 26 \\ \hline 26\ 543 \end{array}$$

Temos aqui o número 26 543, que é a soma das três parcelas — e pronto!

— Bravo! — gritou Narizinho. — Entendi perfeitamente. A sua explicação está clara como água.

— Como água limpa — acrescentou Emília —, porque se estivesse clara como água suja nós teríamos ficado na mesma.

Dona Regra riu-se da bobagenzinha. Depois disse:

— Agora que vocês viram fazer a conta de somar, torna-se muito fácil compreender a regra. Os livros costumam trazer primeiro a regra e depois o exemplo, mas eu gosto de fazer o contrário — primeiro dou o exemplo e depois recito a regra.

— E como a senhora recita a regra de somar?

— Assim. A gente escreve as diversas parcelas de modo que os algarismos das unidades, dezenas, centenas e milhares fiquem uns embaixo dos outros, da direita para a esquerda, formando colunas. Depois começa a somar da direita para a esquerda e escreve a soma debaixo do risquinho, mas só escreve o último algarismo da soma. A sobra, a gente leva para cima e soma com a coluna seguinte. Na última coluna, a gente escreve embaixo do risquinho a soma inteira. É só.

— E como saber se a conta está certa ou não? — perguntou o menino.

— Isso não é comigo — respondeu Dona Regra. — É lá com a senhora Prova.

— Pois então que o Visconde chame essa bruaca para vermos o que ela diz — berrou a boneca.

Dona Benta chamou Emília à ordem, fazendo-a ver que não deveria tratar com tamanho desrespeito uma criatura que prestava tantos serviços à humanidade; mas a pestinha, que estava cada vez mais ganjenta, tapou os ouvidos para não ouvir o sermão.

Dona Prova veio e disse:

— O melhor jeito de ver se uma conta de somar está certa é fazer essa conta outra vez, de baixo para cima.

A SEGUNDA REINAÇÃO

— Meus senhores e minhas senhoras — começou o Visconde no dia seguinte, depois que todos se sentaram —, vou apresentar agora os três artistas da conta de diminuir ou subtrair, que é muito engraçadinha. Aquele figurão que vai entrando é o MINUENDO.

Entrou um algarismo igual aos outros e ninguém ficou sabendo por que motivo se chama minuendo. Em seguida entrou outro algarismo também igual aos outros, que foi apresentado como o SUBTRAENDO. E por último entrou outro algarismo que o Visconde disse ser o RESTO.

— Muito bem, senhor Visconde — gritou Emília. — Estou vendo o minuendo, o subtraendo e o resto, mas não vejo a razão de se chamarem assim. São números como outros quaisquer. Explique-se.

— Vou explicar-lhe — respondeu o Visconde. — Na conta de subtrair, a gente tira um número menor de um número maior. O número menor que é tirado do maior chama-se subtraendo. O número maior donde é

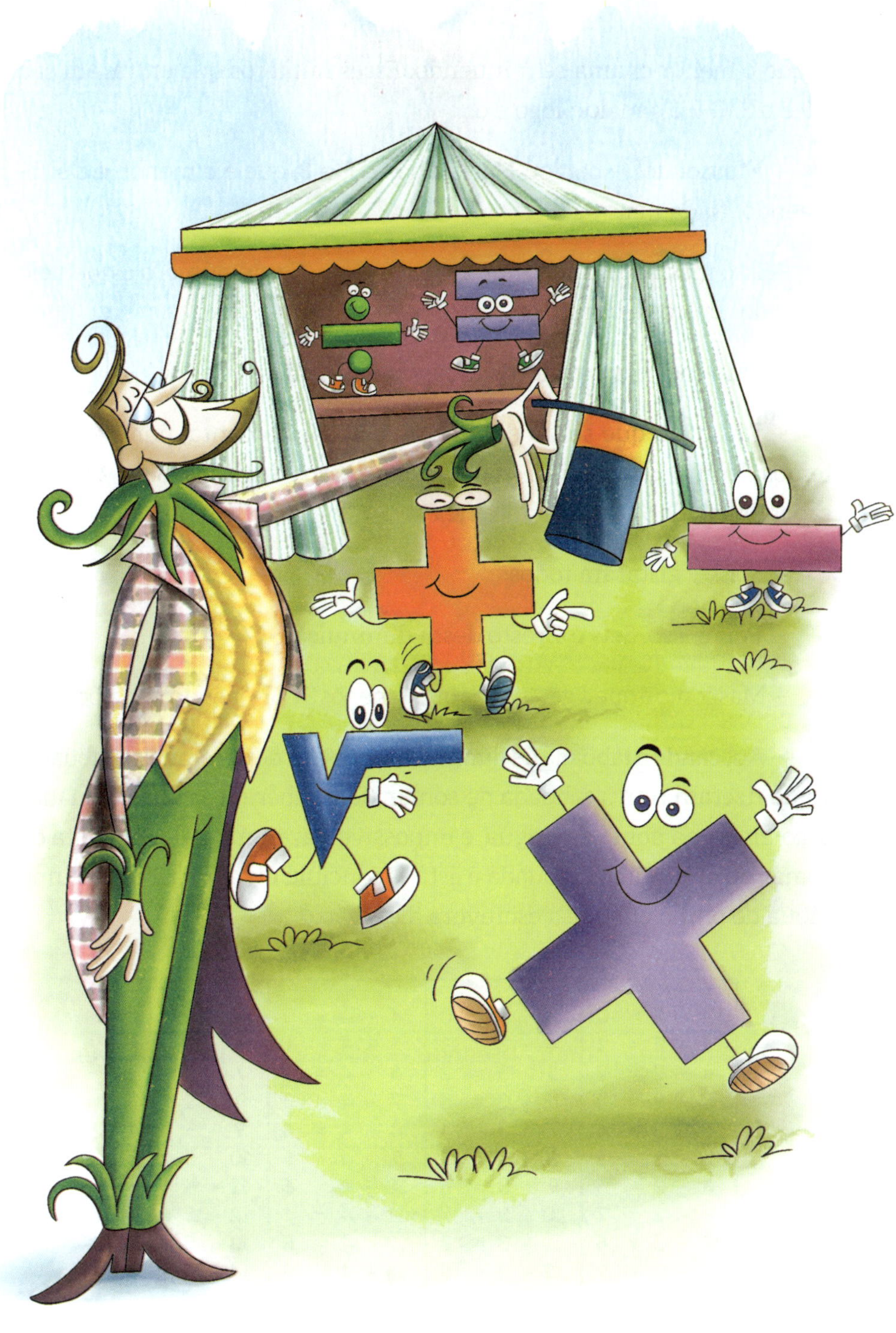

tirado o menor chama-se minuendo. Esses números que entraram são o 9 e o 3. O 9 é o maior; logo é o...

— Minuendo! — berrou Narizinho. — E o 3, que é o menor, é o subtraendo. Nada mais fácil.

— Isso mesmo — confirmou o Visconde. — E este número 6 que veio atrás dos outros é o resto.

— Que quer dizer resto? — indagou Pedrinho.

— Resto é o que sobra da diminuição. Nesta conta, por exemplo, temos de tirar o menor do maior, isto é, temos de tirar o 3 do 9. Quem sabe? Quem de 9 tira 3 quanto fica?

— Seis! — gritaram todos.

— Pois é isso. Seis é o resto desta diminuição.

— Mas como é que a gente sabe que 9 menos 3 é 6? — perguntou a boneca.

— Aplicando a tabuada de diminuir. Todos têm de decorar esta tabuada, como fizeram com a tabuada de somar. Sem saberem as duas tabuadas *decorzinho*, na ponta da língua, é impossível fazerem qualquer conta de somar ou diminuir. A tabuada é esta — concluiu ele, apresentando uma tábua de pinho em que a escrevera a carvão.

2 - 2 = 0	3 - 3 = 0	4 - 4 = 0	5 - 5 = 0
3 - 2 = 1	4 - 3 = 1	5 - 4 = 1	6 - 5 = 1
4 - 2 = 2	5 - 3 = 2	6 - 4 = 2	7 - 5 = 2
5 - 2 = 3	6 - 3 = 3	7 - 4 = 3	8 - 5 = 3
6 - 2 = 4	7 - 3 = 4	8 - 4 = 4	9 - 5 = 4
7 - 2 = 5	8 - 3 = 5	9 - 4 = 5	10 - 5 = 5
8 - 2 = 6	9 - 3 = 6	10 - 4 = 6	11 - 5 = 6
9 - 2 = 7	10 - 3 = 7	11 - 4 = 7	12 - 5 = 7
10 - 2 = 8	11 - 3 = 8	12 - 4 = 8	13 - 5 = 8
11 - 2 = 9	12 - 3 = 9	13 - 4 = 9	14 - 5 = 9

6 - 6 = 0	7 - 7 = 0	8 - 8 = 0	9 - 9 = 0
7 - 6 = 1	8 - 7 = 1	9 - 8 = 1	10 - 9 = 1
8 - 6 = 2	9 - 7 = 2	10 - 8 = 2	11 - 9 = 2
9 - 6 = 3	10 - 7 = 3	11 - 8 = 3	12 - 9 = 3
10 - 6 = 4	11 - 7 = 4	12 - 8 = 4	13 - 9 = 4
11 - 6 = 5	12 - 7 = 5	13 - 8 = 5	14 - 9 = 5
12 - 6 = 6	13 - 7 = 6	14 - 8 = 6	15 - 9 = 6
13 - 6 = 7	14 - 7 = 7	15 - 8 = 7	16 - 9 = 7
14 - 6 = 8	15 - 7 = 8	16 - 8 = 8	17 - 9 = 8
15 - 6 = 9	16 - 7 = 9	17 - 8 = 9	18 - 9 = 9

— Sua letra é muito ruim, Visconde — observou Emília. — Está ali um algarismo que tanto pode ser 3 como 5. Parece até coisa escrita por Tia Nastácia. Eu tenho uma ideia muito boa a respeito destas tabuadas.

— Qual é?

— Escrever as duas nas árvores do pomar, e ninguém poderá apanhar uma laranja sem primeiro recitar, de olhos fechados e certinho, a casa da tabuada que estiver escrita na casca da laranjeira.

— Muito bem, Emília! — apoiou Dona Benta. — Acho excelente a ideia. Desse modo a gulodice fará que vocês aprendam a tabuada a galope.

— Então vamos já fazer isso — propôs a boneca, contentíssima da aprovação.

— Já, não — protestou o Visconde. — Depois de acabar o espetáculo.

— Já, sim! — exigiu a boneca. — Quero que seja já. Interrompe-se o espetáculo por algum tempo. Faz de conta que a fita queimou.

Discute que discute, a ideia da Emília saiu vencedora por dois votos — e foi uma correria. Cada qual tomou conta duma laranjeira de casca bem lisa para nela copiar da aritmética uma casa da tabuada. Narizinho escreveu num pé de laranja-lima a casa do 2. Pedrinho escreveu num pé de laranja baiana a casa do 3. Dona Benta escreveu num pé de laranja-seleta a casa do 4. O Visconde escreveu num pé de laranja-do-céu a casa do 5. Emília escreveu num pé de laranja-azeda a casa do 7, que ela achava a mais implicante. Dona Benta interveio.

— Isso não! Emília. A casa do 7 tem de ser escrita num pé de laranja-lima, senão ninguém a aprende. Aí, nesse pé de laranja-azeda, você deve escrever a casa do 5, que é facílima.

Assim foi feito. A casa do 7 passou para um pé de laranja-lima e a do 5 foi para o pé de laranja-azeda.

Como lápis não servia para riscar a casca das laranjeiras, foram utilizados pregos, e Dona Benta recomendou que não afundassem muito os riscos para não estragar as árvores.

Em cada árvore foi escrita, dum lado, uma casa da tabuada de somar, e do outro lado, a mesma casa da tabuada de diminuir. O pomar inteiro ficou cheinho de números.

— Pronto! — gritou Emília quando viu terminado o trabalho. — Os sabiás vão ficar espantados de tantos algarismos e são bem capazes de também aprender a-rit-mé-ti-ca.

Mas estava fazendo calor, e Pedrinho colheu uma laranja com a vara, para chupa-lá.

— Não pode! — gritou Narizinho. — Pedrinho está apanhando uma laranja sem recitar a tabuada da casca! Não pode!

— Ela tem razão, Pedrinho — disse Dona Benta. — Se você quer chupar uma laranja desse pé, deve primeiro recitar a tabuada escrita na casca e de olhos fechados.

Pedrinho não sabia de cor aquela casa, que era a do 6, e teve de decorá-la depressa, depressa, pois do contrário morreria de sede mas não chuparia a laranja. O mesmo aconteceu com os outros, e o resultado foi que no dia seguinte todas as casas estavam sabidinhas na ponta da língua. Como todos gostassem muito de laranjas, a cena do pomar tornara-se engraçadíssima. Aqui e ali, só se via menino de olhos tapados recitando tabuada, com algum outro perto, a fiscalizar. Se errava, tinha de repeti-la, de modo que cada laranja só descia da árvore depois duma recitação de tabuada sem o menor erro.

Isso foi no dia seguinte. Naquele dia, depois de escrita nas árvores a tabuada de diminuir, todos voltaram ao circo para a continuação do espetáculo.

— Vamos ver agora — disse o Visconde — como se faz a conta de subtrair quando os números são grandes ou de vários algarismos. Isto já é mais difícil e tem regra. Dona Regra, venha representar o seu papel!

Dona Regra saiu dos bastidores e veio para o centro do picadeiro, muito lampeira.

— Vamos lá — disse o Visconde —, conte aqui ao respeitável público como é que se faz uma conta de subtrair quando os números são grandes.

— Muito simples — começou ela. — Antes de mais nada escreve-se o subtraendo debaixo do minuendo.

— Quer dizer que se escreve o número menor debaixo do maior, não é isso? — indagou a boneca.

— Justamente — concordou a Regra. — Escreve-se o número menor debaixo do maior, de modo que as casas fiquem uma embaixo da outra.

— Dê um exemplo para esclarecer melhor — pediu Narizinho.

— Darei um exemplo — concordou Dona Regra e enfileirou o número 7 284 sob o número 19 875, passando um tracinho por baixo, assim:

$$19\ 875$$
$$\underline{7\ 284}$$

— Temos aqui o 7 284, que é o subtraendo, escrito embaixo do 19 875, que é o minuendo. As casas do número de cima estão em coluna com as casas do número de baixo. Resta agora fazer a operação.

— Mas a senhora, então, é médica? Médica é que faz operação — asneirou Emília.

— Vou fazer uma operação aritmética — respondeu Dona Regra — e não uma operação cirúrgica. Os médicos ou cirurgiões é que fazem operações cirúrgicas. Mas as contas da aritmética, a de somar, diminuir, multiplicar e dividir, são chamadas contas ou também operações aritméticas.

— Muito bem — disse Emília. — Estou satisfeita. Continue.

Dona Regra continuou:

— Começa-se a subtração da direita para a esquerda e escreve-se o resto debaixo do risquinho. Temos em cima 5 e embaixo do 5 temos 4. Quem de 5 tira 4 quanto resta?

— Resta 1 — gritaram todos.

— Muito bem. Resta 1. Logo, escreve-se o 1 embaixo do risquinho, assim:

$$19\ 875$$
$$\underline{7\ 284}$$
$$1$$

Depois, temos de diminuir o número seguinte, que é o 7. Quem de 7 tira 8 quanto fica?

Emília olhou para Narizinho, e Narizinho olhou para Pedrinho. Parecia um absurdo. Como de 7 se pode tirar 8, se 8 é maior que 7?

— Não pode! — gritaram os três a um tempo. — Impossível tirar 8 de 7; de 8 a gente pode tirar 7 porque até sobra 1; mas tirar 8 de 7 é asneira.

Dona Regra riu-se da expressão, mas concordou.

— Sim, isso é verdade. Não se pode tirar 8 de 7 porque 8 é maior que 7. Neste caso, então, a regra manda que o 7 tome 10 emprestado da casa vizinha e some a si esse 10. Fazendo isso o 7 fica valendo 17 e, portanto, fica maior que o 8, podendo ser feita a diminuição. Quem de 17 tira 8 quanto fica?

Pedrinho fez a conta nos dedos e respondeu antes dos outros:

— Ficam 9.

— Isso mesmo. Ficam 9. Escreve-se esse 9 debaixo do risquinho e continua-se a operação.

$$\begin{array}{r} 19\ 875 \\ 7\ 284 \\ \hline 91 \end{array}$$

Temos agora de diminuir os algarismos da terceira coluna, isto é, temos de tirar o 2 de baixo do 8 de cima. Mas esse 8 teve de emprestar 10 ao 7, seu colega da direita, de modo que ficou valendo menos 1.

— Ficou valendo menos 10 — gritou Emília.

— Não, bonequinha. Desta vez você errou. Ficou valendo menos 1 apenas, isto é, ficou valendo 7. O 1 que saiu dele vale 1 para ele, mas vale 10 para a coluna da direita.

— Ora, que grande pândego! — exclamou Emília. — O ladrão é 8; fornece 10 para o vizinho da direita e ainda fica valendo 7! Que espertalhão! Explique isso, madama.

Dona Regra pachorrentamente explicou:

— Nada mais simples. Esse 8 está na casa das centenas e, como uma centena é igual a 10 dezenas, o 1 que sai dali vai valer 10 na casa das dezenas. Por isso é que somamos 10 ao 7.

— Muito bem. Continue.

— Tirando 1 do 8 ficamos com 7. Temos agora de fazer a subtração. Quem de 7 tira 2 quanto fica?

— Ficam 5!

— Muito bem. Escreve-se esse 5 debaixo do risquinho, assim:

$$\begin{array}{r} 19\ 875 \\ 7\ 284 \\ \hline 591 \end{array}$$

Agora temos de subtrair a quarta coluna, composta do 9 em cima do 7 embaixo. Quem de 9 tira 7 quanto fica?

— Ficam 2! — gritaram todos.

— Isso mesmo. Escreve-se esse 2 debaixo do risquinho, assim:

$$\begin{array}{r} 19\ 875 \\ 7\ 284 \\ \hline 2\ 591 \end{array}$$

Temos agora de subtrair a quinta coluna, mas nessa coluna só existe um 1 em cima; embaixo não há nada. Quem de 1 tira nada quanto fica?

— Quem de 1 tira nada fica o 1 mesmo — gritou Emília. — Essa é boa! Pois, se não tirou nada, não diminuiu nada. Que pergunta idiota!

Dona Regra corou com a observação da boneca, mas nada disse.

Apenas observou friamente que se descia o 1 para baixo do risco e a conta estava terminada, assim:

$$\begin{array}{r} 19\ 875 \\ -\ 7\ 284 \\ \hline 12\ 591 \end{array}$$

— Temos aqui — declarou ela ainda — o número 12 591, que é o resto ou a diferença entre os números 19 875 e 7 284 — e, fazendo um cumprimento de cabeça, retirou-se muito empertigada.

— Olhe o que você fez, Emília — disse Dona Benta. — A pobre senhora saiu ofendida com a sua má-criação.

Emília fez focinho de pouco-caso.

— Sua alma, sua palma. Quem ficar zangado com o que eu digo, só prova que não tem "senso de humor"...

O rinoceronte, que estava cochilando, arregalou os olhos. Emília, aquela bonequinha vagabunda, a falar em senso de humor! Bem dizia Tia Nastácia que o mundo estava perdido...

Nisto, o Visconde chamou a atenção do público para Dona Prova, que vinha entrando.

— Resta ainda saber se a conta que vocês fizeram está certa — disse a madama —, e para isso a gente soma o subtraendo com o resto; se der um número igual ao minuendo, então a conta está certa. Vamos ver isso.

O subtraendo era 7 284, e o resto era 12 591. Somados esses dois números, o resultado foi 19 875.

— Certinha! — exclamou Emília. — Esse número é igual ao minuendo. A senhora é uma danada...

Dona Prova retirou-se, satisfeita com o elogio.

A TERCEIRA REINAÇÃO

A terceira reinação dos números é a conta de multiplicar. O Visconde começou ensinando que multiplicar um número por outro é fazer uma soma de parcelas iguais. Assim, multiplicar o 6 por 5 é o mesmo que repetir o 6 como parcela 5 vezes:

$$6 - 6 - 6 - 6 - 6$$

— A multiplicação — disse ele — é uma soma abreviada.

— Então essa conta é inútil — observou Emília.

— Ao contrário — afirmou o Visconde. — É utilíssima, porque adianta o expediente. Se eu tivesse um número grande para multiplicar por outro número grande, levaria toda a vida se fosse fazer todas as somas necessárias; mas multiplicando um pelo outro obtenho imediatamente o resultado. Se tivéssemos, por exemplo, de multiplicar o número 749 pelo número 936 pelo sistema das somas, levaríamos um tempo enorme só para escrever novecentas e trinta e seis vezes o número 749, antes de fazer a soma. Mas, multiplicando, eu escrevo um embaixo do outro e num instante obtenho o resultado.

— Pois vamos ver isso, mestre.

O Visconde escreveu na casca do Quindim o número 749 e, embaixo dele, o número 936, dizendo:

— O número que fica em cima chama-se MULTIPLICANDO e o que fica embaixo recebe o nome de MULTIPLICADOR. O resultado da operação é o PRODUTO. E, como este produto é o resultado da multiplicação dos dois números acima, esses números são os FATORES DO PRODUTO.

— Já sei! — exclamou Emília. — Fator é o mesmo que fazedor. Quer dizer que o multiplicando e o multiplicador são os que fazem o produto ou os fazedores do produto.

— Isso mesmo. Mas não se usa dizer fazedor, e sim fator.

— Pois eu agora só vou dizer fazedor — declarou Emília, que era espírito de contradição. — Não me importo com o uso dos outros; tenho o meu usinho pessoal.

Todos olharam-na, admirados daquele "topete". O Visconde não fez caso e continuou:

— Vamos ter tabuada novamente. Sem que todos saibam na ponta da língua a tabuada de multiplicar, não podemos ir adiante.

— Que espiga! — exclamou a boneca. — Já ando enjoada até as tripas de tanta tabuada. Além disso, todas as cascas das laranjeiras já estão cobertas de números. Onde escrever essa nova tabuada?

De fato, aquilo era um problema sério. Não havia mais árvore de casca lisa onde escrever números. As ameixeiras tinham a casca rugosíssima; as goiabeiras tinham a casca lisa, mas os troncos eram muito finos e tortos. Como fazer?

— Resta uma casca! — berrou de repente a boneca. — A casca do Quindim. Parece que foi feita de propósito para receber uma tabuada inteirinha.

Todos aprovaram a ideia. Pedrinho tomou do giz e escreveu do lado esquerdo a casa do 2, do 3, do 4 e do 5. Do outro lado escreveu a casa do 6, do 7, do 8 e do 9, copiando tudo direitinho da aritmética. O rinoceronte, cuja paciência era infinita, não fez conta e até gostou da cócega que lhe fazia o giz ao riscar o seu couro duro como pau.

A casa do 1 não foi escrita porque todo número multiplicado por 1 dá ele mesmo. E a do 10 também não foi escrita porque é muito fácil — é tudo de 10 em 10, assim: 2 vezes 10 = 20; 3 x 10 = 30; 4 x 10 = 40; 5 x 10 = 50, etc.

2 × 1 = 2	3 × 1 = 3	4 × 1 = 4	5 × 1 = 5
2 × 2 = 4	3 × 2 = 6	4 × 2 = 8	5 × 2 = 10
2 × 3 = 6	3 × 3 = 9	4 × 3 = 12	5 × 3 = 15
2 × 4 = 8	3 × 4 = 12	4 × 4 = 16	5 × 4 = 20
2 × 5 = 10	3 × 5 = 15	4 × 5 = 20	5 × 5 = 25
2 × 6 = 12	3 × 6 = 18	4 × 6 = 24	5 × 6 = 30
2 × 7 = 14	3 × 7 = 21	4 × 7 = 28	5 × 7 = 35
2 × 8 = 16	3 × 8 = 24	4 × 8 = 32	5 × 8 = 40
2 × 9 = 18	3 × 9 = 27	4 × 9 = 36	5 × 9 = 45
2 × 10 = 20	3 × 10 = 30	4 × 10 = 40	5 × 10 = 50

6 × 1 = 6	7 × 1 = 7	8 × 1 = 8	9 × 1 = 9
6 × 2 = 12	7 × 2 = 14	8 × 2 = 16	9 × 2 = 18
6 × 3 = 18	7 × 3 = 21	8 × 3 = 24	9 × 3 = 27
6 × 4 = 24	7 × 4 = 28	8 × 4 = 32	9 × 4 = 36
6 × 5 = 30	7 × 5 = 35	8 × 5 = 40	9 × 5 = 45
6 × 6 = 36	7 × 6 = 42	8 × 6 = 48	9 × 6 = 54
6 × 7 = 42	7 × 7 = 49	8 × 7 = 56	9 × 7 = 63
6 × 8 = 48	7 × 8 = 56	8 × 8 = 64	9 × 8 = 72
6 × 9 = 54	7 × 9 = 63	8 × 9 = 72	9 × 9 = 81
6 × 10 = 60	7 × 10 = 70	8 × 10 = 80	9 × 10 = 90

Como não tivessem tempo de decorar a tabuada inteira, o Visconde declarou que não fazia mal. Nas primeiras lições todos podiam colar olhando para a casca do Quindim. Mais tarde, porém, seria proibido fazer conta de multiplicar com o rinoceronte perto.

— Bem, bem, bem — disse o Visconde depois de acabado o serviço. — Vamos praticar um pouco na conta de multiplicar. Vou escrever na areia um multiplicando e um multiplicador para Pedrinho achar o produto. E escreveu o seguinte:

1 578
4

O número 1 578 é o multiplicando, e o número 4 é o multiplicador. Qual é o produto, senhor Pedro Malasartes?

Pedrinho começou a conta da direita para a esquerda. Tinha de multiplicar o 4 de baixo por todos os algarismos do número de cima.

— Quatro vezes 8... — disse ele e olhou para a casca do Quindim. Viu na tabuada que 4 vezes 8 era igual a 32 e escreveu 32 debaixo do risquinho.

— Está errado — gritou o Visconde. — Debaixo do risquinho a gente só escreve o 2 do 32.

— E que faz do 3 que sobra?

— O 3 que sobra a gente põe de lado para somar ao resultado da multiplicação do número seguinte. Qual é o número seguinte?

— É o 7.

— Muito bem; 4 multiplicado por 7 quanto dá?

Pedrinho olhou para Quindim.

— Dá 28.

— Muito bem. Agora some esse 28 ao 3 que ficou de lado. Quanto dá?

— Dá 31.

— Muito bem. Agora escreva o 1 do 31 embaixo do risquinho e ponha o 3 de lado para somar adiante. Qual é o terceiro número a multiplicar?

— É o 5.

— Muito bem; 4 multiplicado por 5 quanto dá?

Pedrinho olhou para Quindim.

— Dá 20.

— Muito bem. Esse 20, somado ao número 3 que ficou de lado, quanto dá?

— Dá 23. E, então, a gente escreve o 3 do 23 e põe de lado o 2 — concluiu Pedrinho, que já havia compreendido tudo. — Depois multiplica-se o 4 pelo último número, que é o 1, e obtém-se o número 4, porque qualquer número multiplicado por 1 fica ele mesmo. E, então, soma-se o 4 com o 2 que ficou do 23, o que dá 6. Escreve-se o 6 embaixo do risquinho e pronto! Não é isso, senhor Sabugo?

O Visconde aprovou as palavras do menino. Era aquilo mesmo.

— Você é um alho, Pedrinho! — gritou Emília.

— E você sabe o que é, sua sirigaita? Você é uma cebola!

Ao ouvir lá da cozinha aqueles gritos de alho e cebola, Tia Nastácia apareceu à porta, de colher de pau na mão. Temperos eram com ela.

— Alho? Cebola? — exclamou de longe. — Tragam para cá. Comida sem alho e cebola não sai gostosa.

Todos riram-se da coitada e o Visconde continuou:

— A conta de multiplicar que fizemos é das mais simples porque o multiplicador tinha um só algarismo. Mas quando o multiplicador tem muitos algarismos a operação é a mesma, embora leve mais tempo.

— Dê um exemplo — reclamou a Emília. — Sem exemplo, a gente não entende bem.

O Visconde escreveu na areia os seguintes números:

$$\begin{array}{r} 35\ 465 \\ 354 \\ \hline \end{array}$$

— Temos aqui um multiplicando de cinco algarismos e um multiplicador de três algarismos. A conta faz-se do mesmo jeito da primeira. Multiplica-se o 4 do número de baixo por todos os algarismos de cima e escreve-se o resultado debaixo do risco. Depois, multiplica-se o 5 do número de baixo por todos os algarismos de cima e escreve-se este segundo resultado debaixo do primeiro resultado. Depois, multiplica-se o 3 do número de baixo por todos os algarismos de cima e escreve-se este terceiro resultado debaixo do segundo resultado. A coisa fica assim:

$$\begin{array}{r} 35\ 465 \\ 354 \\ \hline 141860 \\ 177325 \\ 106395 \end{array}$$

Passa-se então um risquinho embaixo desses três resultados para os somar. E temos isto:

$$\begin{array}{r} 35\ 465 \\ 354 \\ \hline 141860 \\ 177325 \\ 106395 \\ \hline 12554610 \end{array}$$

Esse número 12 554 610 é o resultado da multiplicação do número 35 465 pelo número 354. É o produto. Entenderam?

— Quem não entende isso? É o mesmo que água — declarou Narizinho.

— E para saber se a conta está certa? — perguntou Pedrinho.

— Nada mais fácil — respondeu o Visconde. — Para saber se a conta está certa, a gente inverte a ordem dos fatores, isto é, a gente multiplica o 354 pelo 35 465, e o resultado deve ser o mesmo da multiplicação do 35 465 pelo 354.

Foi feita a conta, e o produto deu igualzinho — 12 554 610.

— Isso quer dizer que a ordem dos fazedores não altera o produto — observou Emília.

Dona Benta olhou para ela com os olhos arregalados. Estava ficando sabida demais. Pena era aquela teimosia! Por que insistir em dizer fazedores em vez de fatores?

— Sim — disse Dona Benta —, a ordem dos fatores não altera o produto.

— Ordem dos fazedores — teimou Emília. Narizinho deu-lhe um beliscão.

— Respeite os mais velhos, ouviu?

Mas Emília, sempre louquinha, correu para longe e de lá gritou:

— Fa-ze-do-res! Fa-ze-do-res!... — e ficou longo tempo a amolar com aquilo.

O Visconde aborreceu-se com o incidente, mas continuou:

— Há ainda uma coisa que vocês precisam saber. Quando se tem de multiplicar um número por 10, por 100, por 1 000, etc, não é preciso fazer a conta: basta acrescentar ao número tantos zeros quantos forem os zeros do multiplicador. Assim, por exemplo, para multiplicar o número 34 567 por 1 000, basta acrescentar ao 34 567 os três zeros do 1 000; e teremos o seguinte produto: 34 567 000.

— Que facilidade! — exclamou Narizinho. — São continhas de um segundo. Zás-trás nó cego! Se todas fossem assim...

Emília lá longe continuava:

— Fa-ze-do-res! Fa-ze-do-res!...

— Que lástima! — murmurou Dona Benta. — A Emília, que já é uma personagem célebre no mundo inteiro e está se tornando uma sabiazinha, de vez em quando se esquece das conveniências e fica uma verdadeira praga...

— Criaturas de pano são assim mesmo — observou o Visconde. — Culpa teve Tia Nastácia de fazê-la dum paninho tão ordinário...

O espetáculo teve de ser interrompido porque era hora do jantar. Tia Nastácia apareceu à porta da cozinha gritando:

— Acabem com a brincadeira, gentarada! A sopa está esfriando na mesa.

Pedrinho e Narizinho saíram aos pinotes. Dona Benta ergueu-se com dificuldade. O Visconde suspirou na sua cadeirinha de reumático, porque ele era sabugo e os sabugos não comem. Quindim abriu um bocejo e espojou-se no chão, apagando na poeira toda a tabuada da casca. Estava terminado o espetáculo daquele dia.

QUINDIM E EMÍLIA

Enquanto o pessoalzinho jantava, Emília aproximou-se do rinoceronte, pé ante pé, sem que ele percebesse, e de repente lhe deu um berro ao ouvido:

— Fazedores!

Quindim levou um susto; depois riu-se.

— Você é boba, Emília — disse ele. — Que adianta estar insistindo nisso? Uma andorinha não faz verão. Por mais que queira que seja fazedores, o mundo inteiro continuará dizendo fatores. Perca essa bobagem.

— E por que você não perde esse chifre no nariz? Onde se viu um sábio da Grécia com chifre no nariz?

— Sou assim porque a natureza me fez assim — respondeu resignadamente o rinoceronte.

— Pois eu sou asneirenta porque aquela burra da Tia Nastácia me fez assim. Ela foi a minha natureza. Natureza preta como carvão e beiçuda...

Emília gostava muito de conversar com o rinoceronte para ouvir histórias da África, lutas de feras a que ele havia assistido, caçadas feitas pelos exploradores de chapéu de cortiça, etc.

— Vamos, Quindim, conte outra vez a luta do tigre com o crocodilo, que você viu.

Quindim contou pela centésima vez a luta do tigre com o crocodilo, enquanto ao lado o Visconde esfregava o corpo com folhas de picão, que Emília dissera serem muito boas para o reumatismo. Mas era peta. O remédio só serviu para tornar o pobre sábio ainda mais verde do que era. Vendo aquilo, a boneca mudou de assunto.

— E que remédio vocês na África usam para reumatismo?

— Nenhum — respondeu o rinoceronte. — Reumatismo é doença que os animais da minha raça desconhecem.

— Há de ser por causa do cascão — observou Emília. — Esse cascão é tão duro que nem reumatismo nem doença nenhuma consegue entrar no corpo dos Quindins. Mas eu sou de pano e também as doenças não penetram no meu corpo. Sabe por quê? Porque o pano é uma peneirinha que coa a doença...

Quindim olhou para ela com ar de dó. O mal da bonequinha era incurável. Asneirite crônica...

Emília voltou-se para o Visconde e perguntou:

— E, depois do jantar, que vamos ter neste circo de meia cara?

— Vamos ter a CONTA DE DIVIDIR. Dividir é achar quantas vezes um número contém outro.

— Então ensine-me essa conta depressa, para eu fazer um bonito quando os outros chegarem.

O Visconde ensinou-lhe a regra de dividir e o mais, de modo que, quando os meninos vieram e se sentaram nos seus respectivos lugares, a boneca estava mais afiada que uma lâmina Gillette.

— Vamos agora — disse o Visconde quando viu todos sentados — ver a quarta reinação dos números, chamada conta de dividir. Dividir é... quero ver quem sabe. Que é dividir?

— Dividir é achar quantas vezes um número contém outro — respondeu Emília incontinenti.

Todos olharam para ela, admiradíssimos. E mais admirados ainda ficaram quando a boneca prosseguiu nestes termos:

— O número que divide o DIVIDENDO chama-se DIVISOR. E o resultado obtido chama-se QUOCIENTE. E, se sobra alguma coisa que não possa ser dividida, essa alguma coisa chama-se RESTO. Quem não sabe isso?

Foi um assombro. Emília parecia uma aritmética de pano! Dona Benta enrugou a testa. Onde a diabinha teria aprendido aquilo?

2 ÷ 2 = 1	3 ÷ 3 = 1	4 ÷ 4 = 1	5 ÷ 5 = 1
4 ÷ 2 = 2	6 ÷ 3 = 2	8 ÷ 4 = 2	10 ÷ 5 = 2
6 ÷ 2 = 3	9 ÷ 3 = 3	12 ÷ 4 = 3	15 ÷ 5 = 3
8 ÷ 2 = 4	12 ÷ 3 = 4	16 ÷ 4 = 4	20 ÷ 5 = 4
10 ÷ 2 = 5	15 ÷ 3 = 5	20 ÷ 4 = 5	25 ÷ 5 = 5
12 ÷ 2 = 6	18 ÷ 3 = 6	24 ÷ 4 = 6	30 ÷ 5 = 6
14 ÷ 2 = 7	21 ÷ 3 = 7	28 ÷ 4 = 7	35 ÷ 5 = 7
16 ÷ 2 = 8	24 ÷ 3 = 8	32 ÷ 4 = 8	40 ÷ 5 = 8
18 ÷ 2 = 9	27 ÷ 3 = 9	36 ÷ 4 = 9	45 ÷ 5 = 9
20 ÷ 2 = 10	30 ÷ 3 = 10	40 ÷ 4 = 10	50 ÷ 5 = 10
6 ÷ 6 = 1	7 ÷ 7 = 1	8 ÷ 8 = 1	9 ÷ 9 = 1
12 ÷ 6 = 2	14 ÷ 7 = 2	16 ÷ 8 = 2	18 ÷ 9 = 2
18 ÷ 6 = 3	21 ÷ 7 = 3	24 ÷ 8 = 3	27 ÷ 9 = 3
24 ÷ 6 = 4	28 ÷ 7 = 4	32 ÷ 8 = 4	36 ÷ 9 = 4
30 ÷ 6 = 5	35 ÷ 7 = 5	40 ÷ 8 = 5	45 ÷ 9 = 5
36 ÷ 6 = 6	42 ÷ 7 = 6	48 ÷ 8 = 6	54 ÷ 9 = 6
42 ÷ 6 = 7	49 ÷ 7 = 7	56 ÷ 8 = 7	63 ÷ 9 = 7
48 ÷ 6 = 8	56 ÷ 7 = 8	64 ÷ 8 = 8	72 ÷ 9 = 8
54 ÷ 6 = 9	63 ÷ 7 = 9	72 ÷ 8 = 9	81 ÷ 9 = 9
60 ÷ 6 = 10	70 ÷ 7 = 10	80 ÷ 8 = 10	90 ÷ 9 = 10

O Visconde deu uma risada velhaca e ia abrindo a boca para contar o segredo quando Emília pulou no picadeiro e pregou um tranco no carrinho, fazendo-o rodar para os bastidores. E ficou de giz na mão no lugar do sábio expulso.

— A divisão — disse ela — serve para acharmos quantas vezes um número contém outro e também para dividir um número em partes iguais. Se eu, por exemplo, tenho 20 laranjas para distribuir igualmente entre 4 pessoas, divido 20 por 4 e obtenho o quociente 5. Quer dizer que dou 5 laranjas a cada pessoa e fico sem nenhuma em paga do meu trabalho. Isto é o que se chama dividir um número em partes iguais. O número 20 tem quatro partes iguais a 5.

O assombro do respeitável público aumentava. Os olhos de Dona Benta pareciam tochas, de tão arregalados. Narizinho e Pedrinho estavam de boca aberta. Mas Quindim e Rabicó sorriam.

Emília continuou:

— Agora vou dar outro exemplo. Vou fazer uma conta para saber quantas vezes um número contém outro. O número 5, por exemplo, quantas vezes está contido no número 765? Ninguém sabe, não é? Pois eu sei. O número 5 está contido 153 vezes no número 765. E sabem como se faz a conta? Assim: escreve-se o 765 e o 5, separados por um L de rabo comprido, deste jeito:

$$765 \mid 5$$

O 765 é o dividendo, e o 5 é o divisor, estão ouvindo? Agora eu divido todos os números do dividendo, um por um. Divido-os pelo divisor 5, deste jeito: Em 7 quantas vezes há 5? Há 1 vez. Vou e escrevo o 1 debaixo do L, assim:

$$\begin{array}{r|l} 765 & 5 \\ \hline & 1 \end{array}$$

Depois multiplico o 1 pelo 5 e subtraio o resultado do 7. Vamos ver. Uma vezes 5 é 5 mesmo; tirado de 7, dá 2. Escrevo esse 2 bem pequenino em cima do número seguinte, que é o 6, assim:

$$\begin{array}{r} 2 \\ 765 \underline{|5} \\ 1 \end{array}$$

Esse 6 ficou valendo 26. Agora eu divido o 26 pelo divisor 5. Em 26 quantas vezes há 5? Há 5 e sobra 1. Eu escrevo o 5 debaixo da perninha do L, assim:

$$\begin{array}{r} 2 \\ 765 \underline{|5} \\ 15 \end{array}$$

E ponho o 1 que sobra em cima do último número do dividendo, que é o 5, assim:

$$\begin{array}{r} 21 \\ 765 \underline{|5} \\ 15 \end{array}$$

O 5 do dividendo, com o 1 em cima, fica valendo 15. Eu, então, divido esse 15 pelo 5 do divisor. Em 15 quantas vezes há 5? Há 3. Escrevo esse 3 debaixo da perna do L, assim:

$$\begin{array}{r} 21 \\ 765 \underline{|5} \\ 153 \end{array}$$

E pronto! Esse número 153 é o quociente da divisão de 765 por 5. Aprenderam?

O espanto da assistência crescia cada vez mais. Infelizmente Emília tinha aprendido com o Visconde só até ali, de modo que não pôde continuar a lição. Mas, para não dar o gosto, fez de repente uma careta.

— Ai! — exclamou, levando a mãozinha à bochecha. — Não posso mais de dor de dentes...

Foi uma gargalhada geral. Como podia ter dor de dentes uma criaturinha que não tinha dentes? E para cúmulo o Visconde reapareceu, arrastando a perna reumática, vermelho de indignação.

— Ela quer bobear vocês! — gritou ele vingativamente. — Enquanto estavam jantando, aprendeu depressa esse pedacinho para fazer bonito...

— E fiz mesmo um bonito! — exclamou Emília. — Todos ficaram com cada boca deste tamanho, diante da minha ciência...

— É, mas o resto? Se sabe aritmética tão bem, por que não continua?

— Porque estou com dor de dentes, senhor Sabugo!

— Como, se não tem dentes?

Mas Emília, que não se atrapalhava nunca, respondeu com todo o desplante:

— Estou com uma dor de dentes abstrata, está ouvindo? Isto é coisa que um sabugo embolorado nunca poderá compreender. Vá fomentar o seu reumatismo que é o melhor. — E, voltando-se para a assistência, num ar de desafio: — Fa-ze-do-res! Fa-ze-do-res!...

E lá se foi para o pomar gritando o "fazedores"... Dona Benta olhou para Narizinho, desconfiada.

— Será que está ficando louca?

— Louca nada, vovó! — respondeu a menina. — Emília está assim por causa da ganja que lhe dão. No Brasil inteiro as meninas que leem estas histórias só querem saber dela — e Emília não ignora isso. É ganja demais.

Pedrinho teve dó do Visconde e foi buscar o carro de rodas para botá-lo dentro. Mas com espanto viu que o carrinho estava sem rodas. Rabicó escapara da peia e comera as quatro rodas do carrinho!

O menino passou mão numa vara para dar uma boa lição no gulosíssimo Marquês. Não pôde. O maroto já estava longe dali, a rir-se dele. Rodas de batata-doce! Onde se viu fazerem-se rodas de batata-doce? Aquilo era uma provocação a que o pobre Rabicó não poderia de maneira nenhuma resistir.

— Grandessíssimo pirata! — exclamou Pedrinho, ameaçando o leitão com a vara. — Deixa estar que qualquer hora o apanho e vai ver. Em seguida, pôs o invalido Visconde dentro do carrinho sem rodas e arrastou-o para o picadeiro.

— Agora aguente-se aí, mestre. Um professor não precisa ir e vir de cá para lá. Mesmo sem rodas pode deitar ciência. Vamos. Comece.

O Visconde aprumou-se e disse:

— Emília já explicou a primeira parte da divisão, que aprendeu comigo enquanto vocês estavam jantando. Mas a divisão que ela fez era uma que não deixa resto. Se todas fossem assim, seria muito bom; mas não são. Muitas deixam resto, como esta, por exemplo. — E escreveu no chão, com uma varinha, estes números:

$$75 \mid 4$$

— Temos aqui o número 75 para ser dividido por 4. Divide-se o 7 pelo 4. Dá 1 e sobram 3. Esse 3 junta-se ao algarismo seguinte, que é o 5.

Dá 35. Em 35 quantas vezes há 4? Há 8 vezes. Mas 8 vezes 4 é igual a 32; portanto, sobram 3. A divisão fica assim:

$$\begin{array}{r|l} 75 & 4 \\ 35 & 18 \\ 3 & \end{array}$$

O quociente é 18, e há um resto que não pode ser dividido. Esse resto é 3.

— E quando os números são de muitos algarismos? — perguntou Pedrinho.

— A coisa, então, fica mais complicada — disse o Visconde —, e eu queria muito ver a senhora Dona Emília aqui em meu lugar para responder a essa pergunta...

E o Visconde, ainda furioso com a peça que a boneca lhe havia pregado, olhou na direção que Emília tomara. Não a viu. A pestinha desaparecera.

— A regra é esta. Escreve-se o divisor ao lado do dividendo, separados pelo tal L da Emília, assim, por exemplo:

$$6\ 458\ |\ 24$$

Depois, a gente separa no dividendo... Qual é o dividendo, Pedrinho?

— É o número da esquerda, 6 458.

— Isso mesmo. A gente separa nesse número tantos algarismos quantos forem os do divisor. Neste caso aqui os algarismos do divisor 24 são dois. A gente, portanto, separa dois algarismos no dividendo 6 458, assim: 64,58 e faz a divisão do número separado. Em 64 quantas vezes há 24?

Pedrinho fez a conta de cabeça.

— Há 2 vezes e sobra alguma coisa.

— Isso mesmo. A gente, então, põe o 2 debaixo do tracinho e multiplica esse 2 pelo 24, escrevendo o resultado debaixo do 64, assim:

$$\begin{array}{r|l} 64\ 58 & 24 \\ \hline 48 & 2 \end{array}$$

Depois tira, ou subtrai, o 48 do 64, para achar o resto que sobra, assim:

$$\begin{array}{r|l} 64\quad 58 & 24 \\ \underline{48} & 2 \\ 16 & \end{array}$$

Depois a gente desce o algarismo seguinte do dividendo, que é o 5, e marca essa descida com uma vírgula, assim:

$$\begin{array}{r|l} 64\quad 5\text{'}8 & 24 \\ \underline{48} & 2 \\ 165 & \end{array}$$

Agora a gente divide o 165 pelo 24. Quantas vezes há 24 em 165?

Os dois meninos não souberam, mas o rinoceronte colou para Narizinho, murmurando de modo que só ela ouvisse: 6.

— Há 6! — respondeu a menina, corando.

— Muito bem. Escreve-se o 6 debaixo da perna do L e multiplica-se pelo 24. Dá 144. Escreve-se esse 144 debaixo do 165 e subtrai-se, assim:

$$\begin{array}{r|l} 64\quad 58 & 24 \\ \underline{48} & 26 \\ 165 & \\ \underline{144} & \\ 21 & \end{array}$$

Ficou um resto de 21. A gente, então, desce do dividendo outro algarismo, que neste caso é o 8, e bota-o depois do 21...

— Diga "bota ele" em vez de "bota-o", senhor pedante! — gritou uma voz que vinha do alto — a vozinha da Emília.

O Visconde danou e prosseguiu:

— Bota-se o 8 depois do 21. Fica 218. Agora divide-se. Em 218 quantas vezes há 24?

Quindim colou, e Narizinho respondeu, corando novamente.

— Há 9...

— Muito bem. A gente escreve esse 9 debaixo da perna do L e multiplica-o pelo 24...

— Multiplica ele! — insistiu a vozinha que vinha do alto.

O Visconde deu o desprezo e prosseguiu:

— Multiplica-se o 9 pelo 24 e escreve-se o resultado debaixo do 218, assim:

```
  6 4 5 8 | 24
  4 8     | 269
  ─────
  1 6 5
  1 4 4
  ─────
    2 1 8
    2 1 6
```

E depois subtrai-se o 216 do 218, assim:

```
  6 4 5 8 | 24
  4 8     | 269
  ─────
  1 6 5
  1 4 4
  ─────
    2 1 8
    2 1 6
    ─────
        2
```

E, como agora não há mais no dividendo nenhum algarismo para descer, a conta está terminada. Esse 2 ficou sendo o resto da divisão. Quer dizer que 6 458 dividido por 24 dá 269 e fica um resto de 2.

— Bravos, senhor Visconde! — disse Dona Benta. — A conta está muito bem ensinada. Só faltou explicar uma coisa. O senhor disse que para começar a operação a gente separa no dividendo tantos algarismos quantos forem os algarismos do divisor. Mas se esses algarismos separados formarem um número menor que o do divisor? Se, por exemplo, em vez de 64 fosse 14? Como é que se poderia dividir 14 por 24, se 14 é menor que 24?

— Se o número é menor, então a gente separa mais um algarismo. Nada mais simples.

Dona Benta deu-se por satisfeita porque era aquilo mesmo.

— E para saber se a conta está certa? — perguntou Pedrinho.

— Muito fácil. Multiplica-se o divisor pelo quociente e soma-se o resultado com o resto, se houver resto. O número obtido deve ser igualzinho ao dividendo. Se não for igual, é que a conta não está certa.

Para tirar a prova do que ele dizia, Narizinho multiplicou o divisor 24 pelo quociente 269, obtendo o resultado 6 456. Depois, somou esse resultado ao resto 2 e obteve o número 6 458, igual ao dividendo.

Todos bateram palmas. A lição do Visconde estava certinha. Em seguida, ele explicou o que era metade de um número, terça parte de um número, quarta parte, quinta parte, décima parte, etc.

— Quando a gente quer achar a metade de um número — disse ele —, basta dividir esse número por 2. Se quer achar o terço, divide por 3. Se quer achar o quarto, divide por 4. Se quer achar o quinto, divide por 5. Se quer achar o sexto, divide por 6 e assim por diante.

— Mentira! — gritou uma vozinha no alto da pitangueira. Todos voltaram para lá os olhos. Era a Emília, que estava feito um tico-tico no galho mais alto. — Mentira! — continuou ela. — Quem quer achar um cesto, procura-o na despensa. Lá é que Tia Nastácia guarda os cestos.

— Quanto quer pela gracinha? — perguntou a menina com ironia.

Emília jogou-lhe uma pitanga no nariz.

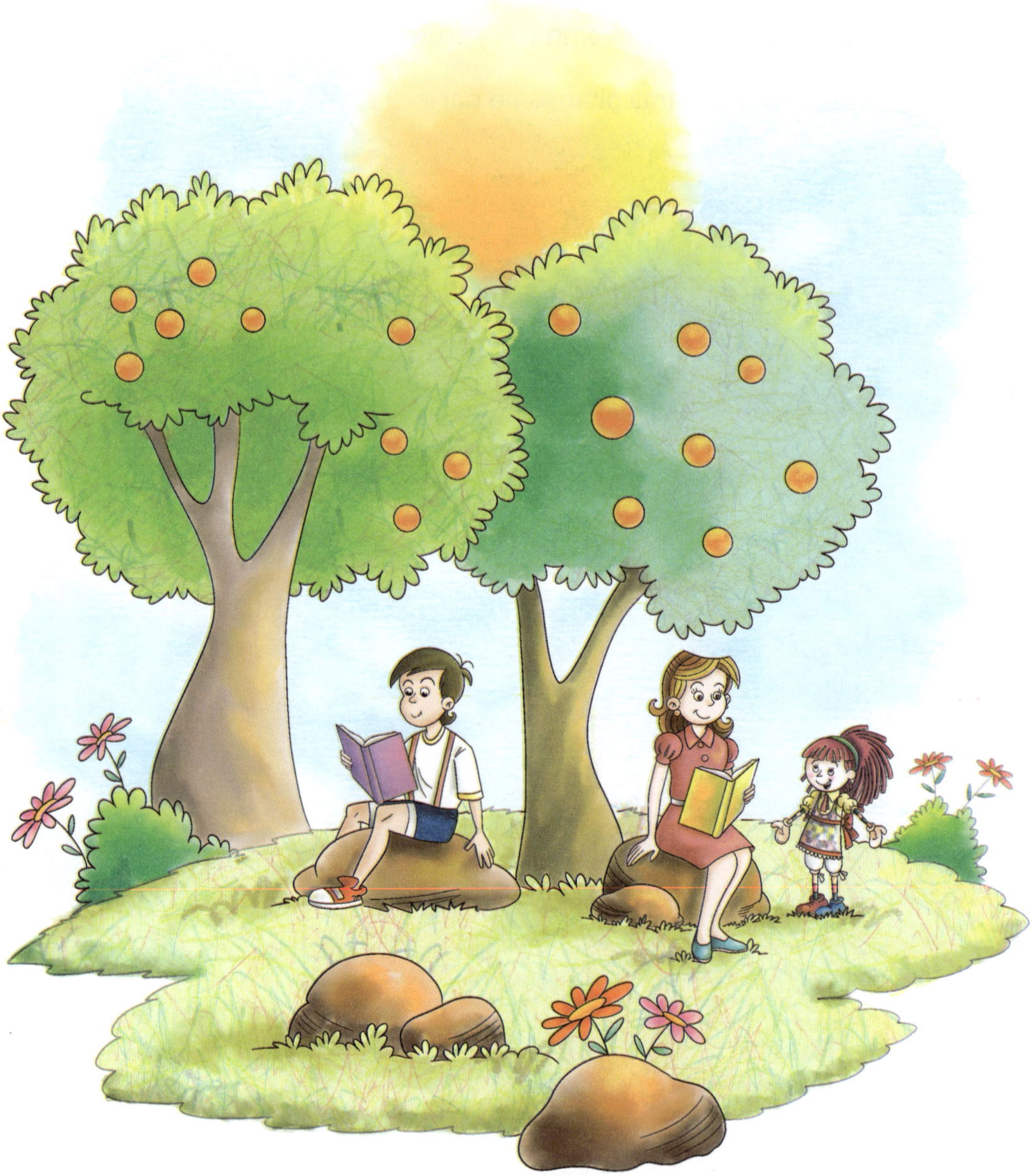

A REINAÇÃO DA IGUALDADE

Como já fosse tarde, o Visconde, por ordem de Dona Benta, suspendeu o espetáculo daquele dia.

— Chega por hoje — disse ela. — Quem quer aprender demais acaba não aprendendo nada. Estudo é como comida: tem de ser a conta certa, nem mais nem menos. Quem come demais tem indigestão. Amanhã o senhor Visconde continuará o espetáculo.

Mas no dia seguinte o Visconde anunciou que só recomeçaria o espetáculo depois que todos soubessem na ponta da língua as tabuadas escritas nas laranjeiras, de modo que os meninos passaram o dia no pomar, chupando laranjas e decorando números. Narizinho foi a primeira a decorar todas as casas, porque era menina de muito boa cabeça, como dizia Tia Nastácia. Pedrinho, que não quis ficar atrás, esforçou-se, decorando também todas as casas, embora errasse algumas vezes, sobretudo no 7 vezes 8. Cada vez que tinha de multiplicar 7 por 8 ou 8 por 7, parava, engasgava ou errava. O meio de acabar com aquilo foi escrever com tinta vermelha o número 56 na palma da mão. Sete vezes 8 dá 56.

Estavam no mês de junho, e os dois meninos mais pareciam sanhaços do que gente, de tanto que gostavam de chupar laranjas. Mas, como para apanhar uma laranja fosse necessário recitar sem o menor erro as casas de tabuada escritas na casca das laranjeiras, o remédio foi fazerem um esforço de memória e decorarem tudo duma vez. Ficaram desse modo tão afiados que Tia Nastácia não parava de abrir a boca.

— Parece incrível — dizia ela — que laranja dê "mió" resultado que palmatória — e dá. Com palmatória, no tempo antigo, as crianças padeciam e custavam a aprender. Agora, com as laranjas, esses diabinhos aprendem as *matamáticas* brincando e até engordam. O mundo está perdido, credo...

— Mas se você não sabe aritmética, Nastácia, como sabe que nós sabemos tabuada? — perguntou-lhe a menina.

— Sei porque quando um canta um número os outros não *correge*.

— Corrigem, boba. *Correge* é errado.

E era aquilo mesmo. Um fiscalizava o outro, e o Visconde os fiscalizava a todos. Ficaram tão sabidos que no terceiro dia o sabugo aritmético anunciou que ia recomeçar o espetáculo.

Depois do café do meio-dia (que era sempre às duas horas), todos se sentaram nos seus lugares, e o Visconde começou:

— Os números vão hoje brincar de igualdade. Sabem o que é? É quando o resultado de uma porção de números que se somam, diminuem, multiplicam ou se dividem entre si é igual a outro número, ou ao resultado de outros números que também se somam, diminuem, multiplicam ou se dividem entre si. $5 + 4 = 9$, por exemplo, é uma igualdade das mais simples. Esta aqui já é menos simples — e escreveu na casca do Quindim, donde a tabuada já se havia apagado:

$$4 + 8 - 6 = 8 - 4 + 2$$

— Nesta conta temos duas continhas separadas pelo sinal de igual. Vou botar as duas dentro duma rodela para ficar menos atrapalhado — e escreveu a conta. — A primeira continha antes do igual chama-se o PRIMEIRO MEMBRO da igualdade. A segunda continha depois do igual chama-se o SEGUNDO MEMBRO da igualdade. Fazer essa conta é fácil. É só ir somando e diminuindo o que encontrar pelo caminho. Vamos ver quem acerta.

— Para mim é canja! — gritou o menino. — Quatro mais 8 é igual a 12; e 12 menos 6 é igual a 6. Essa é a continha do primeiro membro. A continha do segundo membro é esta: 8 menos 4 é igual a 4; e 4 mais 2 é igual a 6. O resultado do primeiro membro e do segundo membro é o mesmo 6.

— Muito bem. A igualdade está perfeita — disse o Visconde. — O resultado dos dois membros dessa igualdade é igual a 6. Está certo. Agora fiquem sabendo que cada número que leva o sinal de mais ou de menos tem o nome de TERMO DA IGUALDADE. Nesta igualdade, portanto, temos três termos no primeiro membro e também três no segundo.

— Como? — protestou Emília, aproximando-se. — Estou vendo dentro da primeira rodela só dois números com sinais de mais e menos.

O Visconde explicou.

— É que o primeiro número dum membro de igualdade é sempre mais quando não traz sinal nenhum.

— Ah! Então dissesse. A gente não pode adivinhar.

— Muito bem — continuou o Visconde. — Até aqui tudo está muito simples, porque nesta igualdade só entram termos com sinais de mais e menos. A coisa se complica um bocadinho quando entram números com os sinais de multiplicar e dividir. Tendo o sinal de multiplicar ou dividir, o número não recebe mais o nome de termo.

— Que nome recebe, então?

— Recebe o nome de FATOR se tem sinal de multiplicar; e recebe o nome de DIVISOR se tem o sinal de dividir. Ficam sendo os fatores e os divisores dos termos.

— Que complicação! — exclamou Narizinho. — Tão bom se tudo fosse termo duma vez... Continue.

O Visconde tossiu um pigarrinho, deu um gemido reumático e continuou:

— Vamos ver agora uma igualdade bem complicada, cheia de termos e fatores, isto é, com todos os sinais aritméticos. Esta, por exemplo — e escreveu no rinoceronte:

$$4 \times 3 + 7 \times 5 - 9 \times 3 + 18 \div 2 - 3 \times 5 = ?$$

— Ché! — exclamou Emília fazendo focinho. — Essa conta vai dar dor de cabeça. Tem até ponto de interrogação. Para que isso?

— O ponto de interrogação é perguntativo. Ele ali quer dizer: igual a quê? Tão simples.

— Pode ser simples — retorquiu a boneca —, mas a obrigação de Vossa Excelência é explicar. Quem manda ser professor?

— Está bem, Emília — interveio Narizinho. — Pare com as atrapalhações. Não seja tão curica.

Emília botou-lhe a língua e o Visconde prosseguiu:

— Muito bem. Vamos ver quem faz esta conta.

— Nada mais fácil — gritou Pedrinho. — É ir somando e diminuindo e multiplicando e dividindo os números de acordo com os sinais.

— Está enganado — contestou o Visconde. — Não é assim. Existe uma regra para fazer essa conta.

— E qual é?

— Primeiro a gente faz todas as multiplicações e divisões indicadas pelos sinais. Faça. Mas, antes de entregar o giz ao menino, marcou com uma rodela os números que tinham de ser multiplicados e divididos. Emília interveio:

— Eu, se fosse o Visconde, botava esses números dentro de funis, em vez de rodelas, assim — e tomando o giz apagou as rodelas e desenhou funis.

— Agora é só Pedrinho fazer as multiplicações e divisões dos números que estão dentro dos funis e escorrer os resultados pelos bicos.

O menino gostou da ideia e escorreu os resultados pelos bicos dos funis.

— Muito bem — disse o Visconde. — Agora ponha juntos todos os funis de sinal mais e, depois deles, ponha os funis de sinal menos. Pedrinho obedeceu, arrumando os funis.

— Muito bem. Agora some todos os funis de sinal mais e depois some todos os funis de sinal menos.

— Espere — disse Emília. — Vou desenhar mais dois funis grandes, um para conter todos os funizinhos de mais e outro para conter todos os funizinhos de menos. Desse modo não haverá meio de atrapalhar a conta — e desenhou dois funis grandes.

— Muito bem! — exclamou o Visconde. — Agora é só somar os resultados dos bicos dos funizinhos e escorrer as somas pelos bicos dos funis grandes.

Pedrinho fez a conta.

— Muito bem — aprovou o Visconde. — O resultado do funil grande de mais foi de 56, e o resultado do funil grande de menos foi de 42. Agora é só subtrair 42 de 56. Quanto dá?

— Dá 14 — gritou Narizinho.

— Exatamente. Esse 14 é o resultado da igualdade escrita na casca do Quindim.

— Puxa! — exclamou a boneca. — Para obter um numerozinho desses, tivemos de gastar 7 funis!

— Mas ganhamos uma funileira — rematou Dona Benta, levantando-se para atender alguém que vinha procurá-la.

AS FRAÇÕES

O espetáculo foi interrompido por um pretinho que desejava falar com Dona Benta. Era uma cria da fazenda do Coronel Teodorico.

— Que é que quer, rapaz? — indagou a boa senhora ao ver aproximar-se o tiçãozinho.

— É que eu vim trazer para mercê um presente que o coronel mandou.

Na voz de presente, o respeitável público abandonou o circo do Visconde para ir ver o que era.

— E onde está o que você trouxe?

— Eu vim a cavalo. Está na garupa, num picuá. São duas melancias.

Se na voz de presente o espetáculo fora interrompido, na voz de melancia, e ainda mais duas, o espetáculo acabou duma vez. Quem quer saber de aritméticas quando tem melancias para comer?

— Traga-as aqui! — disse Dona Benta, mas Narizinho e Pedrinho já haviam corrido na frente e vinham voltando com duas melancias das rajadas, de quase uma arroba cada uma. Vinham arcados.

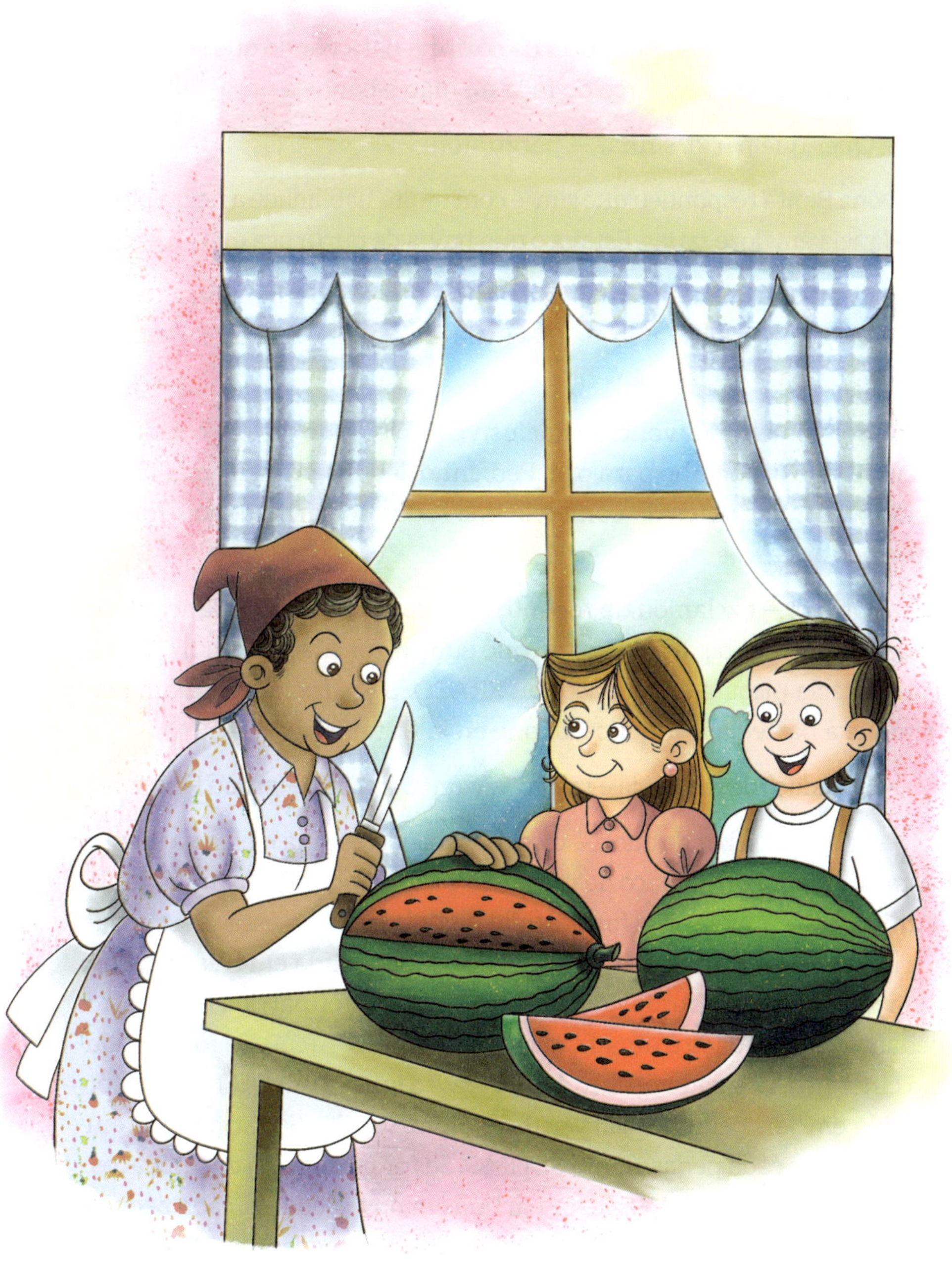

— Faca, Tia Nastácia! — gritou Emília. — Faca bem amolada e uma bandeja, depressa!

Tia Nastácia apareceu à porta da cozinha para ver do que se tratava e logo depois entrou no circo de faca na mão e bandeja.

— Quer que parta, sinhá? — perguntou.

Dona Benta respondeu que sim, e com muita habilidade a negra picou a melancia em doze fatias. Estava o que havia de pururuca e cor-de-rosa.

— O "anjo" é meu! — gritou Narizinho avançando e lá fugiu a correr com o "anjo" na mão. O "anjo" da melancia era o miolo central, corruptela popular da palavra "âmago".

Todos comeram à vontade, inclusive Rabicó, que de longe sentiu o cheiro e veio de focinho para o ar. Pedrinho deu-lhe primeiramente um pontapé, como castigo da comidela das rodas do carro; depois foi-lhe passando as cascas.

— Ótimo! — exclamou de repente o Visconde. — Esta melancia veio mesmo a propósito para ilustrar o que eu ia dizer. Ela era um INTEIRO. Tia Nastácia picou-a em pedaços ou FRAÇÕES. As frações formam justamente a parte da aritmética de que eu ia tratar agora.

— Se pedaço de melancia é fração, vivam as frações! — gritou Pedrinho.

— Pois fique sabendo que é — disse o Visconde. — Uma melancia inteira é uma unidade. Um pedaço de melancia é uma fração dessa unidade. Se a unidade, ou a melancia, for partida em dois pedaços, esses dois pedaços formam duas frações — dois MEIOS. Se for partida em três pedaços, cada pedaço é uma fração igual a um TERÇO. Se for partida em quatro pedaços, cada pedaço é uma fração igual a um QUARTO. Se for partida em cinco pedaços, cada pedaço é uma fração igual a um QUINTO. Se for partida em seis pedaços, cada pedaço é um SEXTO. Se for partida em sete pedaços, cada pedaço é um SÉTIMO. Se for partida em oito pedaços, cada pedaço é um OITAVO. Se for partida em nove pedaços, cada pedaço é um NONO. Se for partida em dez pedaços, cada pedaço é um DÉCIMO.

— E se for partida em doze pedaços, como esta? — perguntou Pedrinho.

— Nesse caso, cada pedaço é UM DOZE AVOS da melancia inteira. Um doze avos escreve-se assim: $\frac{1}{12}$. Todas as frações escrevem-se assim, um número em cima e um número embaixo, separados por um tracinho horizontal ou oblíquo. Com o tracinho oblíquo, essa fração se escreveria assim: $1/12$. Até 10 não se usa a palavra avos. Depois de 10, sim, só se usa o tal avos; $\frac{1}{11}$ lê-se um onze avos; $\frac{1}{38}$ lê-se um trinta e oito avos e assim por diante.

Os meninos estavam ouvindo e comendo, de modo que com a boca cheia de avos de melancia deixavam que o Visconde falasse sem interrompê-lo com perguntas. E o Visconde ia falando.

— O número de cima chama-se NUMERADOR e o número de baixo chama-se DENOMINADOR. Nestas frações: $\frac{2}{3}$, $\frac{4}{7}$, $\frac{8}{37}$, quais são os numeradores e quais são os denominadores?

Ninguém respondeu. Quem come melancia não fala. A resposta foi dada pelo próprio Visconde.

— Os numeradores são 2, 4 e 8. E os denominadores são 3, 7 e 37. O numerador e o denominador são chamados TERMOS da fração.

Fez uma pausa e continuou:

— Quando o denominador da fração é 10, 100, 1 000, 10 000 e assim por diante, a fração é chamada DECIMAL. As outras, com denominador 5, ou 8, ou 13 ou 40 e assim por diante, são FRAÇÕES ORDINÁRIAS. Agora vou falar só das frações ordinárias.

— Pois eu preferia que falasse só das decimais. Não gosto nada do que é ordinário — disse Emília.

Quindim, que também estava mascando cascas de melancia de sociedade com o Marquês de Rabicó, deu uma risada africana — quó, quó, quó. Era a primeira vez que se ria desde que aparecera no sítio, e a princípio todos julgaram que se houvesse engasgado.

— Será que Quindim está sarando da nostalgia? — murmurou Narizinho, vendo que não. — O coitado anda que é o mesmo que um pedaço de pau. Só quer dormir, não diz nada, não puxa prosa. Uma pena...

Apesar das interrupções, o Visconde insistia na lição.

— Frações — disse ele — são essas que já mostrei, as tais que têm um numerador em cima e um denominador embaixo. O número de baixo, ou denominador, mostra em quantas partes está dividida a unidade; e o número de cima, ou numerador, mostra o número destas partes que foram tomadas.

— Exemplifique com melancia — propôs Narizinho com a boca cheia de "anjo".

— Mas... que é da melancia? — exclamou o Visconde. — Estou vendo só cascas e sementes. A coitada já se foi...

— Abre-se a segunda — disse Narizinho e gritou para a cozinha: — Traga a faca outra vez, Nastácia!

Tia Nastácia veio partir a segunda melancia, na qual por ordem de Dona Benta ninguém avançou.

— Deixemos o Visconde utilizar-se dela para a lição. Depois vocês a devoram.

— Muito bem — disse o Visconde. — Temos aqui doze frações do inteiro melancia. Se eu tomo três pedaços, formo com eles esta fração: $\frac{3}{12}$, três doze avos. O denominador 12 indica o número de pedaços em que Tia Nastácia partiu a melancia; e o numerador 3 indica o número de pedaços que eu tomei. Se eu escrevesse $\frac{9}{12}$, o numerador seria 9. O numerador numera a quantidade de pedaços que se tomou do inteiro.

— Está compreendido. Passe adiante — disse o menino, ansioso para chegar ao fim da lição e avançar na melancia.

— Temos de aprender — continuou o Visconde — o que é NÚMERO INTEIRO e o que é NÚMERO MISTO. Número inteiro é a melancia ou as melancias que ainda não foram partidas. Número misto é a melancia inteira com mais uns pedaços ao lado. Se eu tenho uma melancia inteira e mais vários pedaços, meu número é misto e eu escreverei assim:

$$1\frac{1}{2}, 1\frac{1}{4}, 1\frac{2}{5}, 1\frac{4}{8}, 1\frac{8}{9}, 1\frac{8}{10}, \text{etc.}$$

Em cada um desses números mistos, o 1 representa a melancia inteira; e as frações $\frac{1}{2}, \frac{1}{4}, \frac{2}{5}, \frac{4}{8}, \frac{8}{9}, \frac{8}{10}$ representam pedaços da que foi partida ou as frações.

— Estou notando — disse Narizinho, já com o "anjo" no papo — que o senhor escreve frações com os números de cima sempre menores que os de baixo. É preciso ser assim? Todas as frações são assim?

— Não — respondeu o Visconde. — O número de cima pode ser maior que o de baixo. Nestas frações $\frac{7}{3}, \frac{9}{2}, \frac{80}{25}$, os numeradores 7, 9 e 80 são maiores que os denominadores 3, 2 e 25. Mas estas frações são chamadas IMPRÓPRIAS, porque representam mais que um inteiro. É o mesmo que se a gente tiver, por exemplo, 15 pedaços de melancia. Ora, Tia Nastácia partiu esta em 12 pedaços; logo, se tivermos 15 pedaços temos uma melancia inteira e mais 3 pedaços.

— Pois dessas frações eu gosto — disse Narizinho. — Todas deviam ser assim. Frações que rendem! Mas como a gente sabe que a fração é maior que o inteiro?

— Eu já expliquei — disse o Visconde. — É quando o número de cima é maior que o número de baixo.

— E se os dois números forem iguais, como, por exemplo, $\frac{3}{3}$ ou $\frac{5}{5}$?

— Nesse caso a fração é igual a um inteiro certinho. Se eu tenho uma melancia e a parto em 3 pedaços, esses 3 pedaços são a melancia inteira. Se a parto em 4 pedaços, esses 4 pedaços são a melancia inteira. Por isso $\frac{3}{3}$ é igual a 1, isto é, um inteiro.

E $\frac{4}{4}$ é também igual a 1, isto é, um inteiro.

— E $\frac{13\,456}{13\,456}$? — perguntou Emília.

— A mesma coisa, $\frac{13\,456}{13\,456}$ é uma fração de números iguais em cima e embaixo e portanto vale tanto como 1, isto é, um inteiro.

— E quando o número de baixo é maior?

— Então a fração é menor que o inteiro. A fração $\frac{2}{5}$, por exemplo, tem só dois quintos do inteiro e para formar o inteiro completo precisa de mais $\frac{3}{5}$. Um inteiro tem $\frac{5}{5}$ cinco quintos.

— E quantos sextos tem um inteiro?

— Tem 6. Olhem. Vou escrever uma porção de frações iguais a 1 ou a um inteiro — disse o Visconde, e escreveu:

$$\frac{2}{2}, \frac{3}{3}, \frac{4}{4}, \frac{5}{5}, \frac{6}{6}, \frac{7}{7}, \frac{8}{8}, \frac{9}{9}, \frac{10}{10} ...$$

— Chega — disse Pedrinho —, isto é tão claro que não vale a pena perder tempo insistindo. Agora eu quero saber para que serve conhecer frações.

— Para mil coisas — respondeu o Visconde. — Na vida de todos os dias a gente lida com frações sem saber que o está fazendo. Vou dar um exemplo. Suponha que o Coronel Teodorico mande mais uma melancia com ordem de ser dividida igualmente por todas as pessoas da casa. As pessoas da casa (as que comem) são Nastácia, Dona Benta, você, Narizinho, Quindim e Rabicó = seis. Temos de dividir a melancia em seis partes iguais, isto é, temos de dividir 1 por 6 para dar $\frac{1}{6}$, um sexto, a cada pessoa. Está aí a fração que cada qual recebe.

— Mas, se cada um recebe um cesto de melancias — observou a boneca —, recebe muito mais que uma melancia inteira, porque um cesto de melancias tem que ser mais que uma melancia só.

— Quanto quer pela gracinha? — disse a menina, danada com a interrupção. — Você está se fazendo de boba. Sabe muito bem que um sexto, com *s* na frente e *x* no meio, não é o mesmo que um cesto com *c* na frente e s no meio. São duas palavras que têm o mesmo som, mas se escrevem de maneira diferente e significam coisas diferentes.

— Diga logo que são palavras homófonas — completou a boneca, lembrando-se do que aprendera no passeio à terra da gramática. — Eu asneirei apenas para amolar o Visconde.

O embolorado sábio resmungou que não era faca e prosseguiu:

— Vou agora ensinar como se lida com as frações — como se somam, como se subtraem, como se multiplicam e como se dividem. A gente lida com elas do mesmo modo que lida com os números inteiros. Mas antes disso temos de aprender várias coisas. Temos de aprender a SIMPLIFICAR FRAÇÕES. Temos que aprender a transformar números inteiros ou mistos em frações impróprias e vice-versa, isto é, transformar frações impróprias em números inteiros ou mistos. E temos de aprender a reduzir frações ao MÍNIMO DENOMINADOR COMUM.

— Xi! Quanta coisa...

— Parece muito, mas não é. Tudo fácil. Simplificar frações, por exemplo, é reduzi-las a outras frações de números menores em cima e embaixo, mas do mesmo valor.

— Como isso? Se os números são menores em cima e embaixo, como o valor pode ser o mesmo? — duvidou a menina.

— Pois pode. Se eu tenho a fração $\frac{12}{24}$, por exemplo, posso reduzi-la a $\frac{6}{12}$ ou a $\frac{3}{6}$ ou a $\frac{1}{2}$. Todas estas frações exprimem a mesma coisa: meio ou metade dum inteiro.

— Por quê?

— Ora, que pergunta! Porque sim. Pense um pouco. Se eu tenho 12 pedaços duma melancia que foi dividida em 24 pedaços, está claro que eu tenho a metade dos pedaços e, portanto, a metade da melancia. Se tenho 6 pedaços duma melancia que foi dividida em 12 pedaços, está claro que tenho a metade dela. Se tenho 3 pedaços duma melancia que foi dividida em 6 pedaços, está claro que tenho a metade dela. Não está claro como água?

— Com melancia dentro da aritmética, tudo fica realmente claro como água do pote — observou Emília.

— Pois é isso. Simplificar uma fração é reduzi-la a outra do mesmo valor, mas com os termos menores. Em $\frac{3}{6}$ os termos são menores do que em $\frac{12}{24}$ e o valor é o mesmo: ambas as frações valem $\frac{1}{2}$ ou meia melancia.

— Quer dizer — observou Pedrinho — que se a gente multiplicar o número de baixo e o número de cima duma fração por um mesmo número, a fração fica valendo o mesmo, não é?

— Exatamente. Se multiplicar ou se dividir, à vontade. Se na fração $\frac{4}{8}$ por exemplo, eu multiplicar o número de baixo e o de cima por 5, obtenho a fração $\frac{20}{40}$ que tem o mesmo valor que $\frac{4}{8}$. E, se depois eu dividir os dois números por 2, obtenho a fração $\frac{2}{4}$ que tem o mesmo valor de $\frac{4}{8}$. Não é simples?

— E para transformar frações impróprias em números inteiros ou mistos?

— Para isso há uma regrinha. A gente divide o número de cima pelo de baixo. Se a divisão não deixar resto, o resultado é um número inteiro.

— Dê um caso.

— Por exemplo, a fração $\frac{6}{3}$. Dividindo-se o 6 pelo 3, temos 2 e não há resto. Quer dizer que essa fração é igual a 2, que é número inteiro.

— Mas se ela é igual a 2, que é um número inteiro, então não é fração — gritou Emília.

— Por isso mesmo a aritmética a trata de fração imprópria, como quem diz que tem jeito de fração, mas não é. É fração apenas na aparência.

— Bolas! Esse negócio de é-não-é não vai comigo. Comigo é ali no duro. Pão pão, queijo queijo.

— E se ficar resto? — indagou a menina.

— Se ficar resto, então temos um número misto, isto é, composto de inteiro e fração. Na fração $\frac{9}{5}$ por exemplo, o 9 dividido pelo 5 dá 1 e sobram 4. O resultado escreve-se assim: $1\frac{4}{5}$.

— Está claro — disse Pedrinho. — O inteiro é igual a $\frac{5}{5}$. Esses $\frac{5}{5}$, somado aos $\frac{4}{5}$, dá $\frac{9}{5}$. E agora, para transformar números inteiros ou mistos em frações? Como se faz?

— Vamos ver um exemplo. Suponha que você quer transformar o número 5 em terços. Tem que raciocinar assim: se 1 inteiro tem 3 terços, 5 inteiros devem ter cinco vezes 3 terços; basta, pois, multiplicar o 5 pelo 3, escrevendo o resultado em cima do 3, assim: $\frac{15}{3}$. Cinco inteiros é igual a $\frac{15}{3}$.

— E se o número for misto? Esse número, por exemplo: $4\frac{3}{4}$. Como transformar $4\frac{3}{4}$ numa fração?

— Muito simples. Multiplica-se o inteiro, isto é, o 4, pelo número de baixo. Quanto dá?

— Dá 16.

— Muito bem. Agora some esse 16 ao número de cima. Quanto dá?

— Dá 19.

— Muito bem. Agora você escreve o 19 em cima e conserva o 4 embaixo, assim: $\frac{19}{4}$. Quer dizer que 19 quartos é igual a $4\frac{3}{4}$.

— Xi! — exclamou o menino. — É canja.

— E para reduzir as frações ao mínimo denominador comum? — quis saber a menina.

— Outra canja — respondeu o Visconde. — Reduzir duas ou mais frações ao mínimo denominador comum, isto é, a um número de baixo igual em todas as frações sem alterar o valor delas, é coisa que se faz assim: primeiro, a gente simplifica as frações. Depois a gente acha o número que divide sem deixar resto todos os números de baixo, e este número será o tal mínimo denominador comum. (Comum quer dizer que serve a todas.) Depois a gente divide este mínimo denominador comum pelo número de baixo de cada fração, e o resultado, a gente multiplica pelos números de cima, escrevendo o produto em cima do tal mínimo denominador comum.

— Nossa Senhora! — exclamou Emília. — Que regra comprida. Juro que me perdi no meio. Fiquei na mesma. Venha o exemplo logo. Sem melancia a coisa não vai...

O Visconde escreveu na casca de Quindim estas frações: $\frac{1}{2}$, $\frac{3}{4}$, $\frac{5}{8}$ e disse:

— Temos aqui três frações para serem reduzidas ao mínimo denominador comum. Vamos aplicar a regra. Que é que se faz primeiro, Pedrinho?

— Primeiro? Primeiro a gente...

Pedrinho tinha esquecido. O Visconde ensinou:

— Primeiro a gente simplifica as frações. Mas como nestas que escrevi elas já estão no mais simples possível, não haverá necessidade disso. Já estão simplificadas. Segundo, a gente acha qual é o menor número que possa ser dividido por esses três números de baixo, o 2, o 4 e o 8. Esse menor número é o 8...

— Como sabe que é o 8? — indagou Emília, e o Visconde ficou atrapalhado. Coçou a cabeça e disse:

— Há um jeitinho que depois vou ensinar. Por agora basta que saibam que é o 8 — e o 8 vai para baixo de todas as futuras frações, assim: $\frac{}{8}$, $\frac{}{8}$, $\frac{}{8}$.

Agora divido este 8 por cada um dos números de baixo das frações $\frac{1}{2}$, $\frac{3}{4}$, $\frac{5}{8}$. Quanto dá?

— Oito dividido por 2 dá 4.

— E esse 4 multiplicado pelo 1 de cima?

— Dá 4 mesmo.

— Isso. Escreva 4 em cima do primeiro 8.

Pedrinho escreveu:

$$\frac{4}{8}, \frac{}{8}, \frac{}{8}.$$

— E agora 8 dividido pelo número de baixo da segunda fração?

— Dá 2... Multiplicado pelo 3 de cima dá 6.

— Escreva esse 6 em cima da segunda fração.

Pedrinho escreveu:

$$\frac{4}{8}, \frac{6}{8}, \frac{}{8}.$$

— Resta agora dividir o 8 pelo número de baixo da última fração. Quanto dá?

— Oito dividido por 8 dá 1, que multiplicado pelo 5 de cima dá 5 mesmo.

— Muito bem. Escreva esse 5 em cima da última fração. Pedrinho escreveu e a conta ficou terminada, assim:

$$\frac{4}{8}, \frac{6}{8}, \frac{5}{8}.$$

— Pronto! — exclamou o Visconde. — Está certinho.

— Espere! — gritou Emília. — E o tal mínimo múltiplo comum? Eu faço questão de saber isso.

— Fica para amanhã. Hoje estou cansado.

— É que ele não sabe e vai espiar na a-r i t-m é-t i-c a de Dona Benta — cochichou a boneca ao ouvido do rinoceronte. Quindim sorriu com filosofia.

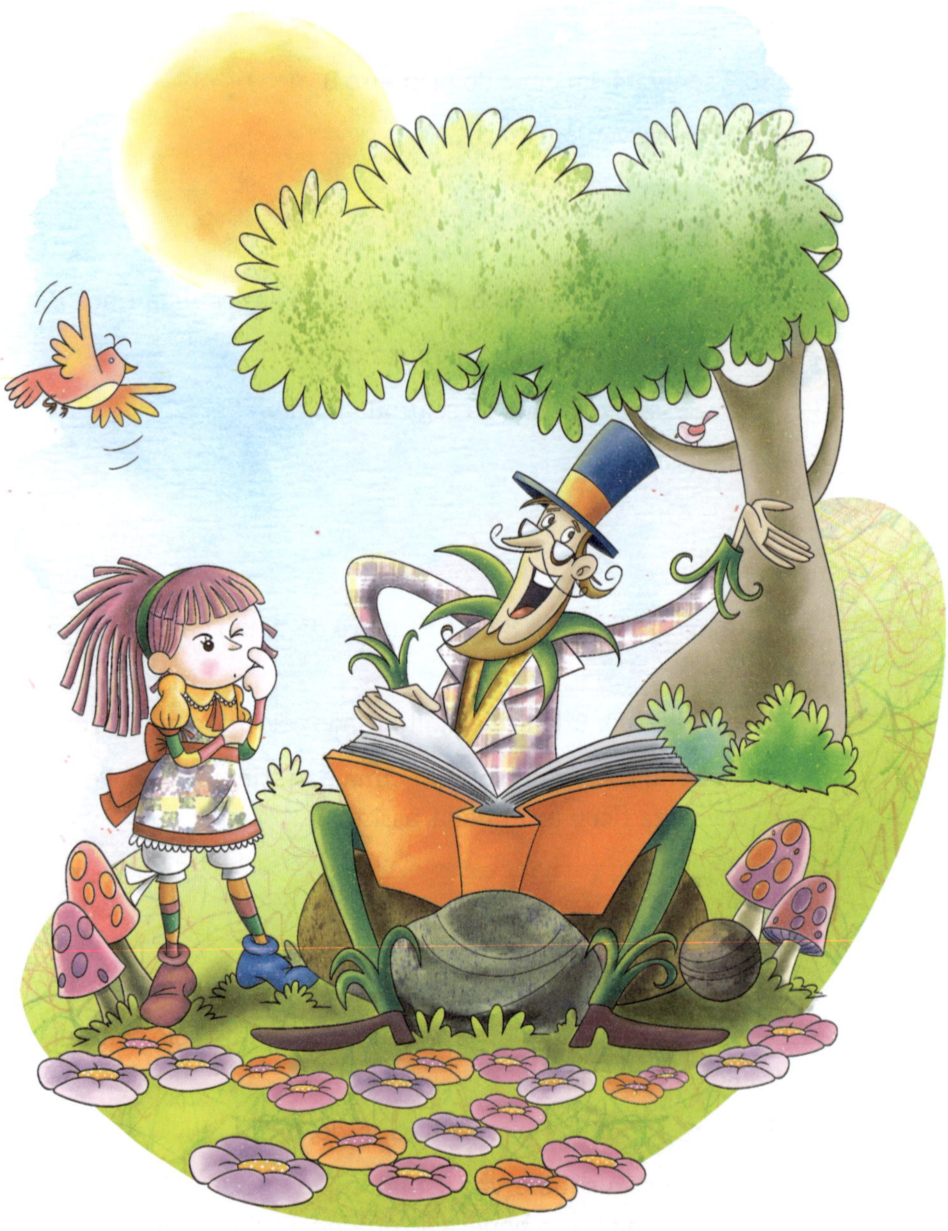

MÍNIMO MÚLTIPLO

Emília tinha razão. O Visconde estava esquecido da regra para achar o mínimo múltiplo comum e por isso adiou o espetáculo para o dia seguinte, com a ideia de ir ver na aritmética como era. Mas a pestinha da Emília pôs-se a segui-lo de longe, disfarçadamente. Viu o Visconde tomar a aritmética e ir com ela para debaixo duma laranjeira das mais afastadas. Dirigiu-se, então, para lá, pé ante pé, e de repente avançou, gritando:

— Aí mestre! Está colando, hein?

O Visconde ficou vermelho como camarão cozido.

— Isto não é colar, Emília. É recordar. Por mais que um professor saiba, muitas coisas ele esquece e tem de recordar-se.

— Então confessa que não sabia, não é? Está muito bem. Eu só queria isso. Estou satisfeita! — E, girando nos calcanhares, afastou-se. O Visconde ficou sozinho debaixo da laranjeira, a recordar a aritmética, um tanto desapontado pelo que acontecera, embora um professor, por melhor que seja, não possa ter tudo de cor na cabeça. Mais tarde, quando o espetáculo recomeçou, foi ele o primeiro a contar ao público que tinha recordado aquela parte da aritmética debaixo da laranjeira.

— Mas se eu não o tivesse pilhado nisso, juro que Vossa Excelência não estava agora a fazer-se de modesto — gritou a pestinha da Emília.

O Visconde lançou-lhe um olhar terrível.

— Sou um homem honrado e apelo para Dona Benta como testemunha.

Dona Benta riu-se do jeitinho dele.

— Pois eu confirmo esse juízo — disse a boa senhora. — Nunca neste sítio apareceu um sabugo mais honesto que o Visconde de Sabugosa. Pelo Visconde eu ponho a mão no fogo. Jamais enganou ninguém.

— Enganou, sim — berrou a boneca. — Enganou Pedrinho, fingindo-se de pau falante, no caso do irmão de Pinóquio[3]. Pensa que me esqueço?

O Visconde avermelhou; e, como era verde, e o vermelho misturado ao verde dá um tom de burro quando foge, ficou por uns momentos o mais esquisito de todos os sabugos do mundo. Até Emília teve dó dele.

— Está bem, está bem, Visconde. Não vale a pena brigarmos por tão pouco. Retiro as expressões.

O Visconde bufou ainda por uns instantes e em seguida passou a explicar o mínimo múltiplo comum.

— Antes de falar em mínimo múltiplo, precisamos saber o que é múltiplo. Múltiplo de um número é o produto desse número por um número inteiro qualquer. E, assim, qualquer número é múltiplo de si mesmo! Os múltiplos de 2 são o 2, o 4, o 6, o 8, o 10, o 12, o 14, o 16, o 18, etc. Os múltiplos de 3 são o 3, o 6, o 9, o 12, o 15, o 18, o 21, o 24, etc. Os múltiplos de 4 são o 4, o 8, o 12, o 16, o 20, o 24, o 28, etc. Mínimo múltiplo quer dizer o menor múltiplo, e nestes exemplos que

---

[3] *Reinações de Narizinho*. (N. do E.)

dei o menor múltiplo de 2 é 2; o menor múltiplo de 3 é 3; o menor múltiplo de 4 é 4. Mas a coisa fica mais complicada quando temos de achar o mínimo múltiplo de diversos números.

— Quer dizer, o menor número que se deixe dividir por diversos números? — indagou Pedrinho.

— Isso mesmo. Achar o menor número que se deixe dividir por vários números sem deixar resto. Vamos ver um exemplo. Qual é o menor número que pode ser dividido por 4, 6, 8 e 12 ao mesmo tempo?

Ninguém sabia, isto é, só Quindim sabia, mas Quindim estava mais mudo que um peixe, com o pensamento longe dali. O Visconde explicou:

— Há uma regra para fazer essa conta. Escrevem-se os números em linha, separados por vírgulas, assim:

$$4, \quad 6, \quad 8, \quad 12$$

E depois corre-se um risco por baixo e outro risco de pé à direita, assim:

$$\underline{4, \quad 6, \quad 8, \quad 12} \mid$$

E descobre-se o menor número acima de 1, que divida, sem deixar resto, pelo menos dois desses quatro números.

Narizinho gritou logo:

— Parece-me que o 2 divide todos esses números; divide o 4, o 6, o 8 e o 12.

— Exatamente. É o 2 o menor número que divide esses quatro números sem deixar resto. Nesse caso escreve-se o 2 à direita, assim:

$$\underline{4, \quad 6, \quad 8, \quad 12} \mid 2$$

E faz-se a divisão de todos os números por ele, escrevendo o quociente debaixo do traço horizontal. Quatro dividido por 2 dá 2; 6 dividido por 2 dá 3; 8 dividido por 2 dá 4; e 12 dividido por 2 dá 6. São esses os quocientes das quatro divisões. Vamos escrevê-los debaixo do traço, assim:

$$\begin{array}{cccc|c} 4, & 6, & 8, & 12 & 2 \\ \hline 2, & 3, & 4, & 6 & \end{array}$$

Agora repete-se a operação; temos de achar o menor número que divida pelo menos dois desses quatro números, 2, 3, 4 e 6. Qual é ele?

— Creio que é o 2 ainda — gritou Pedrinho —, porque 2 divide o 2, o 4 e o 6.

— Isso mesmo. É o 2. Escreve-se, então, o 2 à direita, passa-se um risco embaixo, assim:

$$\begin{array}{cccc|c} 4, & 6, & 8, & 12 & 2 \\ \hline 2, & 3, & 4, & 6 & 2 \end{array}$$

E faz-se a divisão desses quatro números pelo 2. Dois dividido por 2 dá 1; escreve-se esse 1 embaixo, assim:

$$\begin{array}{cccc|c} 4, & 6, & 8, & 12 & 2 \\ \hline 2, & 3, & 4, & 6 & 2 \\ 1, & & & & \end{array}$$

Depois divide-se o 3 pelo 2. É possível?

— Sem deixar resto não é possível — disse a menina.

— Nesse caso, não se faz a divisão, mas desce-se o 3 para baixo, assim:

$$\begin{array}{cccc|c} 4, & 6, & 8, & 12 & 2 \\ \hline 2, & 3, & 4, & 6 & 2 \\ 1, & 3, & & & \end{array}$$

E agora divide-se o número seguinte, que é o 4, e depois o último número, que é o 6. Quatro dividido por 2 dá 2, e 6 dividido por 2 dá 3. Escrevemos esses resultados embaixo do risco, assim:

$$\begin{array}{cccc|c} 4, & 6, & 8, & 12 & 2 \\ \hline 2, & 3, & 4, & 6 & 2 \\ \hline 1, & 3, & 2, & 3 & \end{array}$$

Agora temos que achar o menor número que divida pelo menos dois desses números. Qual é ele?

— É o 3 — gritaram todos. — O 3 divide os dois 3 desses quatro números.

— Isso mesmo. É o 3. Escreve-se então 3 à direita e faz-se a divisão, assim:

$$\begin{array}{cccc|c} 4, & 6, & 8, & 12 & 2 \\ \hline 2, & 3, & 4, & 6 & 2 \\ \hline 1, & 3, & 2, & 3 & 3 \\ \hline 1, & 1, & 2, & 1 & \end{array}$$

Deu 1, 1, 2 e 1. Temos que continuar a divisão até só ficarem uns embaixo. Já temos lá três uns, mas o 2 está atrapalhando. É preciso fazer nova divisão, e como agora só há o 2 para dividir, dividiremos o 2 por ele mesmo. E ficam só uns embaixo, assim:

$$\begin{array}{cccc|c} 4, & 6, & 8, & 12 & 2 \\ \hline 2, & 3, & 4, & 6 & 2 \\ \hline 1, & 3, & 2, & 3 & 3 \\ \hline 1, & 1, & 2, & 1 & 2 \\ \hline 1, & 1, & 1, & 1 & \end{array}$$

— E agora?

— Agora é só multiplicarmos todos os divisores, isto é, multiplicarmos os números ao lado do traço em pé, que são 2, 2, 3 e 2. Quanto dá?

— Dois multiplicado por 2 dá 4 — gritou Emília; — e 4 multiplicado por 3 dá 12; e 12 multiplicado por 2 dá 24. Duas dúzias certinho.

— Pois esse número 24 é o Mínimo Múltiplo Comum que nós procuramos. É o menor número que se deixa dividir pelo 4, pelo 6, pelo 8 e pelo 12 sem deixar resto. Ora, aí está o bicho de sete cabeças!

Para amolar o pobre Visconde, a boneca disse que não via ali nada com sete cabeças, porque os números eram quatro apenas.

— Só se somar com a sua e a do Quindim e a do Rabicó— asneirou ela, para remate.

O Visconde deu o desprezo.

SOMAR FRAÇÕES

Tia Nastácia interrompeu o espetáculo com um prato de talhadas de rapadura, que foram comidas num abrir e fechar de olhos. Rabicó aproximou-se com a boca pingando água. Narizinho teve dó dele.

— Tome, Marquês, mas lembre-se que isto é doce da roça e, portanto, impróprio para o paladar dum fidalgo da sua importância. Um marquês não come rapadura com farinha, e sim manjares dos mais finos e caros.

Mas Rabicó não queria saber de nobreza; tinha um estomago insaciável e tudo lhe servia — fossem talhadas ou cascas de melancia. Era um Marquês da Mula Ruça, como dizia a ex-Marquesa de Rabicó.

Comidas as talhadas, o Visconde recomeçou:

— Muito bem. O respeitável público já aprendeu a achar o mínimo múltiplo comum e agora tem de aprender a somar frações. É uma coisa facílima. Se as frações que nós queremos somar têm o mesmo denominador, isto é, o mesmo número embaixo, basta somar os numeradores, isto é, os números de cima, e escrever o resultado sobre o número de baixo.

— Exemplo! — gritou a boneca. — Venha exemplo!

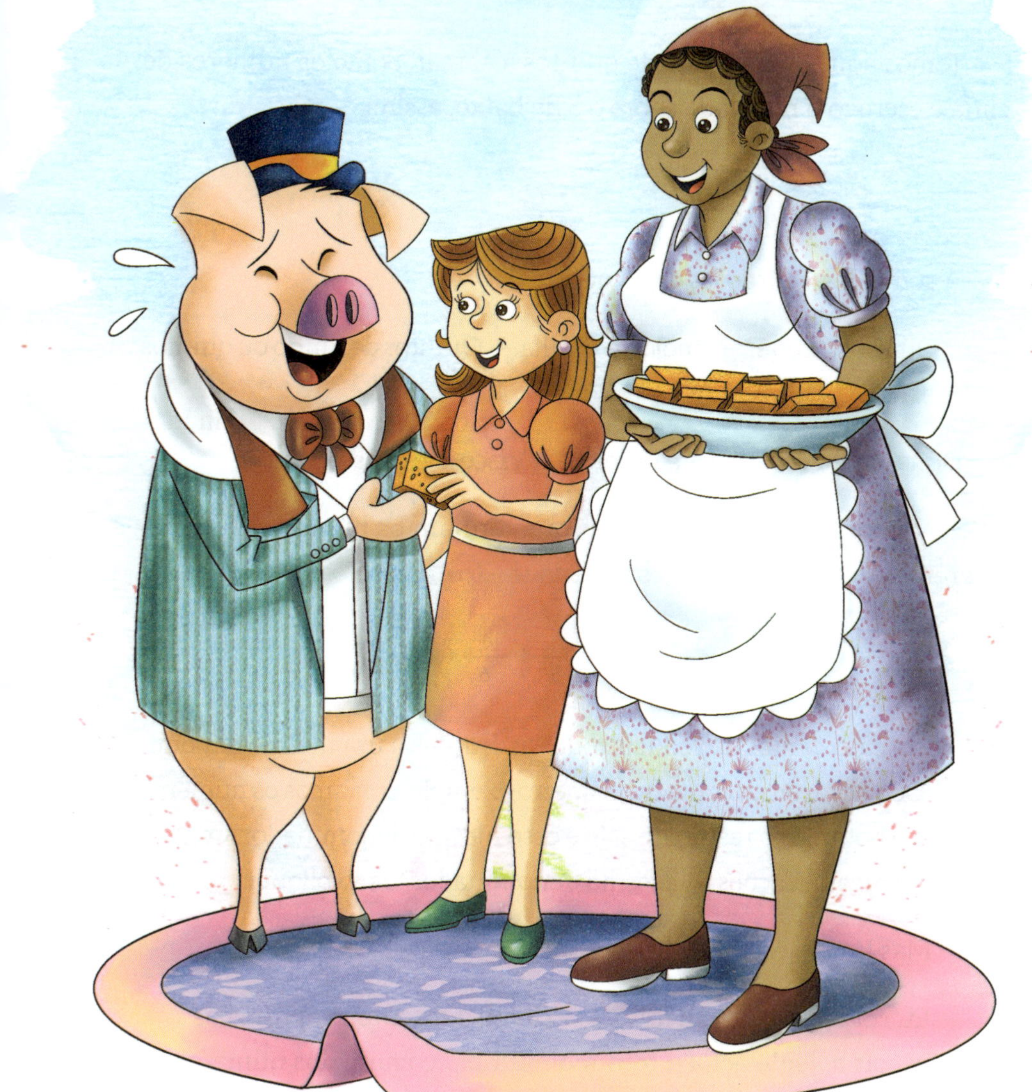

— Espere — respondeu o mestre, e alinhou estas frações:

$$\frac{1}{5}+\frac{3}{5}+\frac{2}{5}+\frac{4}{5}+\frac{7}{5}$$

Temos aqui uma porção de quintos a somar. Somo os números de cima e escrevo o resultado sobre o 5 de baixo, assim:

$$\frac{1}{5}+\frac{3}{5}+\frac{2}{5}+\frac{4}{5}+\frac{7}{5}=\frac{17}{5}$$

A soma dessas frações dá 17 quintos.

— Quintos de quê? — amolou a Emília. — Quintos de vinho ou quintos do inferno?

Dona Benta chamou-a à ordem e o Visconde prosseguiu:

— Vamos agora somar frações que tenham os números de baixo diferentes, como nestas — e escreveu:

$$\frac{1}{2}+\frac{2}{3}+\frac{4}{5}+\frac{1}{6}+\frac{2}{3}$$

Neste caso, temos de reduzir todas as frações a um mesmo denominador. Depois fazemos como no primeiro exemplo: somamos os números de cima e botamos o resultado sobre esse mesmo denominador. Como é que se reduzem frações ao mesmo denominador? Já expliquei.

— Mas já esqueci! — berrou a boneca.

— Eu sei — gritou Pedrinho. — Primeiro a gente simplifica as frações. Depois a gente acha o mínimo múltiplo comum dos números de baixo, e esse mínimo múltiplo será o denominador comum de todas as frações. Depois a gente divide esse denominador comum por cada um dos números de baixo das frações e multiplica o resultado por cada um dos números de cima. E então escreve-se o produto obtido em cima do tal denominador comum.

— Muito bem — aprovou o Visconde. — Faça a conta agora.

Pedrinho fez a conta. Primeiro aplicou a regra para achar o mínimo múltiplo de 2, 3, 5, 6 e 3, obtendo isto:

2,	3,	5,	6,	3	2
1,	3,	5,	3,	3	3
1,	1,	5,	1,	1	5
1,	1,	1,	1,	1	

Depois multiplicou os divisores 2, 3 e 5, obtendo o número 30.

— Trinta! — gritou ele, triunfante. — O mínimo múltiplo comum de 2, 3, 5, 6 e 3 é 30!

Dona Benta bateu palmas.

— Muito bem, meu filho. Estou gostando de ver como você pega bem as lições do Visconde. Nesse andar, acabo tendo um neto matemático de verdade.

Todos olharam com inveja para o menino. O Visconde continuou:

— Está achado o denominador comum das frações:

$$\frac{1}{2}, \frac{2}{3}, \frac{4}{5}, \frac{1}{6} \text{ e } \frac{2}{3}$$

É o número 30. Temos agora de dividir esse 30 pelo número de baixo de todas as frações, isto é, pelo 2, pelo 3, pelo 5, pelo 6 e pelo 3 e multiplicar depois cada resultado pelos números de cima, que são o 1, o 2, o 4, o 1 e o 2, escrevendo os produtos como numeradores, tendo todos eles o 30 como denominador. Fazendo-se a conta, Pedrinho, quanto dá?

— Trinta dividido por 2 dá 15...

— Multiplique o 15 pelo 1 de cima e escreva o produto 15 sobre o 30, assim: $\frac{15}{30}$. Continue.

— Trinta dividido por 3 dá 10...

— Multiplique o 10 pelo 2 da segunda fração e escreva o produto em cima do 30, assim: $\frac{20}{30}$. Continue.

— Trinta dividido por 5 dá 6...

— Multiplique o 6 pelo 4 da terceira fração e escreva o produto em cima do 30, assim: $\frac{24}{30}$. Continue.

— Trinta dividido por 6 dá 5...

— Multiplique o 5 pelo 1 da quarta fração e escreva o produto em cima do 30, assim: $\frac{5}{30}$.

— Trinta dividido por 3 já vimos que dá 10...

— Multiplique o 10 pelo 2 da última fração e escreva o produto em cima do 30, assim: $\frac{20}{30}$. Continue.

— Já acabou.

— Bem. Nesse caso ficamos com as seguintes frações:

$$\frac{15}{30}, \frac{20}{30}, \frac{24}{30}, \frac{5}{30}, \frac{20}{30}$$

E, como temos de somá-las, basta somar os números de cima, pondo o resultado sobre o 30, que é denominador comum. Some.

Pedrinho somou e achou 15 mais 20 mais 24 mais 5 mais 20 igual a 84. E escreveu a fração $\frac{84}{30}$.

— Isso mesmo. Está certinho — aprovou o Visconde. — Deu uma fração imprópria, isto é, de numerador maior que o denominador. Reduza essa fração.

Pedrinho aplicou a regra. Dividiu o 84 de cima pelo 30 de baixo e achou 2, mais um resto de 24.

— Pronto — disse ele. — Dá 2 inteiros e sobram 24 trinta avos. — E escreveu essa fração mista assim:

$$2\frac{24}{30} \quad \text{ou} \quad 2\frac{4}{5}$$

— Muito bem — aprovou o sabugo vendo que estava tudo certo. — Agora temos ainda um caso muito simples, que é somar frações mistas, isto é, as compostas de inteiros e frações. Para isso basta primeiro somar os inteiros e depois as frações. É tão simples que não vale a pena dar exemplo.

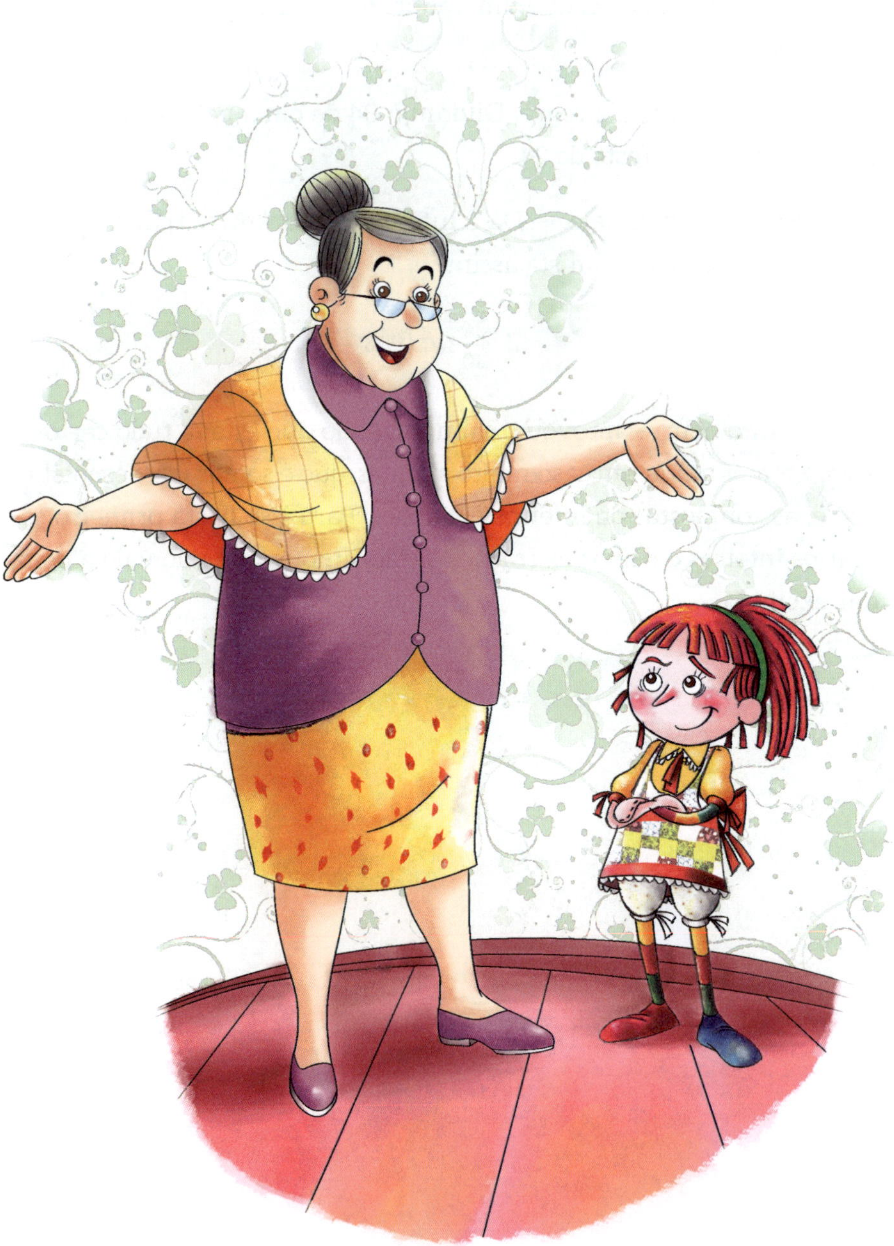

SUBTRAIR FRAÇÕES

Emília deu um bocejo. Estava já enjoada de aritmética.

— Meu Deus! Que preguiça de ouvir o Visconde explicar essas iscas de números que não acabam mais! Vamos brincar de outra coisa.

— Não — disse Dona Benta. — Pedrinho e Narizinho têm que aprender tudo para fazerem um bonito na escola.

— Mas que adianta saber aritmética? — insistiu Emília. — Eu já vivi uma porção de vida e nunca precisei de aritmética. Bobagem.

— Não diga assim, tolinha. As contas da aritmética são das mais necessárias a quem vive neste mundo. Sem ela os engenheiros não poderiam construir casas, nem pontes, nem estradas de ferro, nem nada de grandioso. Tudo tem que ser calculado, e para tais cálculos a aritmética é a base. Até para comprar um sabão na venda uma pessoa tem de saber aritmética, para não ser lograda pelo vendeiro no troco. Continue, Visconde.

E o Visconde continuou:

— Assim como se somam as frações, também se diminuem, e os casos são os seguintes. Primeiro caso: subtrair frações com o mesmo denominador. Segundo caso: subtrair frações com denominadores diferentes. Terceiro caso: subtrair uma fração dum número inteiro ou dum número misto.

"No primeiro caso, se as frações têm o mesmo denominador, basta achar a diferença entre os numeradores. Nestas frações, por exemplo, $\frac{3}{8} - \frac{2}{8}$ basta subtrair do numerador 3 o numerador 2. Dá 1. Põe-se o 1 em cima do 8, assim: $\frac{1}{8}$. Não pode haver nada mais simples."

— E para subtrair frações que tenham denominadores diferentes, como $\frac{1}{2} - \frac{1}{4}$? — perguntou Narizinho.

— Reduzem-se as frações ao mesmo denominador e depois faz-se a subtração. Reduzindo-as, como ficam?

— Ficam $\frac{2}{4} - \frac{1}{4}$, e o resultado é $\frac{1}{4}$.

— Muito bem. Temos agora outro caso: subtrair uma fração dum número inteiro ou dum número misto. Subtrair, por exemplo, $\frac{2}{4}$ de 5. Como se tiram $\frac{2}{4}$ de 5? Pense um pouco.

Pedrinho pensou assim: 1 tem $\frac{4}{4}$, logo, 5 tem $\frac{20}{4}$. Ora, de $\frac{20}{4}$, tirando-se $\frac{2}{4}$, restam $\frac{18}{4}$. Mas $\frac{18}{4}$ é uma fração imprópria, de modo que eu a reduzo, dividindo o número de cima pelo de baixo. Dividindo 18 por 4 obtenho 4 e um resto de 2, ou 2 quartos. Fico, portanto, com 4 $\frac{2}{4}$.

— O resultado é 4 $\frac{2}{4}$ — respondeu ele depois que acabou de pensar.

— Muito bem — aprovou o Visconde. — Vamos agora ver o último caso: subtrair uma fração dum número misto, como neste exemplo:

$$6\frac{6}{8} - 2\frac{1}{4}$$

Desta vez, Pedrinho adivinhou a regra antes que o Visconde a dissesse. Viu que bastava subtrair os inteiros e depois subtrair as frações e gritou:

— Já sei como é! Subtrai-se o 2 do 6. Dá 4. Em seguida subtrai-se o $\frac{1}{4}$ do $\frac{6}{8}$ depois de reduzir essas duas frações ao mesmo denominador.

— Isso mesmo. Meus parabéns. Você adivinhou a regra. Vamos ver agora se adivinha a regra no caso da primeira fração ser menor que a segunda, como nestas, por exemplo:

$$6\frac{1}{4} - 2\frac{6}{8}$$

Pedrinho falhou. Por mais que pensasse, não conseguia achar o jeito e pensou tanto que Emília veio com a sua caçoada:

— Não pense demais. Lembre-se que de tanto pensar já morreu um burrinho...

O Visconde explicou:

— É muito simples. Como de $\frac{1}{4}$ não podemos tirar $\frac{6}{8}$, porque $\frac{1}{4}$ é menor que $\frac{6}{8}$, faz-se o seguinte: a fração $\frac{1}{4}$ toma 1 emprestado do 6 e soma a si esse 1. Ora, como esse 1 que ela tomou vale $\frac{4}{4}$, o $\frac{1}{4}$ se soma a esse $\frac{4}{4}$ e fica elevado a $\frac{5}{4}$. Mas, como o 6 forneceu 1 à fração, ele fica valendo 5. Temos, então, o tal $6\frac{1}{4}$ reduzido a $5\frac{5}{4}$ que vale a mesma coisa, mas está numa forma diferente. E agora você pode fazer a operação. Quem de $5\frac{5}{4}$ tira $2\frac{6}{8}$ quanto fica?

Pedrinho primeiro subtraiu o 2 do 5, obtendo 3. Depois subtraiu $\frac{6}{8}$ de $\frac{5}{4}$ de acordo com a regra, isto é, reduzindo-as ao mesmo denominador, e obteve como resultado o número misto $3\frac{1}{2}$. Nesse ponto Emília interveio.

— Descobri um jeito de fazer tais contas sem usar da aritmética — gritou a diabinha.

Todos se voltaram para a isca de gente.

— Suponhamos — disse ela — que temos $\frac{5}{8}$ de $\frac{3}{4}$. Eu vou e arranjo duas folhas de papel do mesmo tamanho, assim — e puxou do bolso do avental dois pedacinhos de papel do mesmo tamanho. — Agora dobro uma das folhas em oito partes e rasgo três partes para só ficarem cinco.

— Por que rasga?

— Porque cada folha de papel dobrada em oito partes é composta de 8 oitavos, e eu só preciso de 5 oitavos. A folha de papel fica assim:

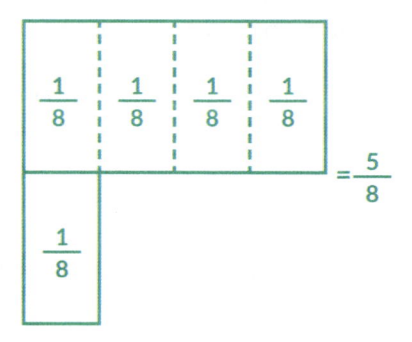

Depois dobro a outra folha em quatro partes, ou 3 quartos, e rasgo um para ficar só com 3 quartos, assim:

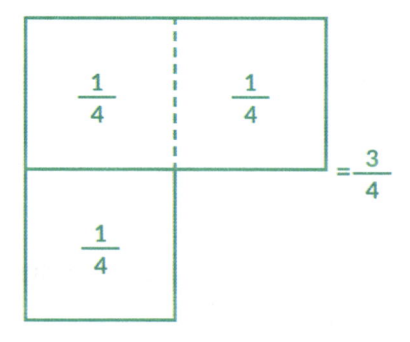

Agora coloco uma folha de papel sobre a outra, bem ajustadinha, e vejo que a de $\frac{5}{8}$ é menor que a de $\frac{3}{4}$.

— Menor de quanto?

— Menor de metade de 1 quarto; ora, a metade de 1 quarto é 1 oitavo, logo, quem de $\frac{3}{4}$ tira $\frac{5}{8}$ fica com $\frac{1}{8}$.

— Muito bem! — exclamou o Visconde, entusiasmado e esquecido das amofinações da bonequinha. — Você agora lavrou um tento, Emília. É isso mesmo. Mas usando das regras da aritmética a gente acha logo o resultado sem ser preciso gastar papel.

— Com papel é mais divertido — objetou Emília. — Eu com um bloco de papel sou capaz de fazer todas essas contas da aritmética sem o menor erro.

— Pois foi assim que nasceu a aritmética — disse o Visconde. — Primeiro os homens faziam as contas com pauzinhos e pedrinhas. Mas, como isso ficava muito complicado, acabaram inventando os números. Eu, com estes números $\frac{3}{4}$ e $\frac{5}{8}$ dispenso pedrinhas, pauzinhos e folhas de papel.

— Pois eu não dispenso — teimou Emília — e agora só vou fazer todas as minhas contas pelo sistema antigo, que é mais engraçado.

MULTIPLICAR FRAÇÕES

O Visconde continuou a lição.

— Vamos agora aprender a multiplicar as frações. Temos quatro casos. O primeiro é multiplicar uma fração por um número inteiro. Para isso a gente multiplica o número de cima pelo inteiro e escreve o resultado sobre o número de baixo. Em $\frac{3}{4} \times 5$, por exemplo, eu multiplico o 3 pelo 5 e escrevo o produto sobre o 4, assim: $\frac{15}{4}$.

— Fácil como água — observou Narizinho.

— Depois — continuou o Visconde — temos o caso de multiplicar uma fração por outra. Mais fácil ainda. Basta multiplicar os numeradores e depois multiplicar os denominadores.

Neste exemplo, $\frac{3}{4} \times \frac{2}{3}$ temos 3 vezes 2, 6; escreve-se o 6 em cima, assim: 6. Depois multiplicam-se os números de baixo. Quatro vezes 3, 12. Escreve-se o 12 embaixo do 6, assim: $\frac{6}{12}$ e pronto.

Agora temos o terceiro caso: multiplicar uma fração por um número misto. Aqui basta reduzir os números mistos a frações e depois multiplica-las. Mais fácil ainda.

— Exemplo! — reclamou Emília.

— Multiplicar, por exemplo — atendeu o Visconde —, $2\frac{3}{4}$ por $\frac{2}{3}$.

Temos de reduzir o número misto $2\frac{3}{4}$, a fração imprópria e, para isso, é só aplicar a regra. Vamos ver. Faça a conta, Pedrinho.

Pedrinho reduziu o $2\frac{3}{4}$, multiplicando o 2 pelo 4 e somando o resultado ao 3. Ficou assim: $\frac{11}{4}$. Depois multiplicou $\frac{11}{4}$ por $\frac{2}{3}$, obtendo $\frac{22}{12}$.

Depois reduziu essa fração, dividindo o 22 pelo 12, e obteve o seguinte resultado: $1\frac{10}{12}$ ou $1\frac{5}{6}$.

DIVIDIR FRAÇÕES

Todos já estavam enjoados de tantas frações, e, se não fosse Dona Benta insistir para que o Visconde naquele dia mesmo ensinasse a divisão, o mais certo era abandonarem o circo deixando o mestre sozinho. Mas Dona Benta deu ordem para que a festa continuasse, e o Visconde prosseguiu:

— Temos agora de dividir frações, e há vários casos. O primeiro é quando se trata de dividir uma fração por um número inteiro, como neste exemplo:

$$\frac{6}{8} \div 2$$

Se o número de cima for divisível pelo inteiro, divide-se esse número pelo inteiro e escreve-se o resultado sobre o número de baixo. Seis dividido por 2 dá 3 e 3 sobre 8 dá $\frac{3}{8}$. Pronto.

Mas, se o número de cima não for divisível pelo inteiro, como neste caso: $\frac{5}{8} \div 3$, então faz-se assim: multiplica-se o número de baixo pelo inteiro e escreve-se o resultado debaixo do número de cima. Temos, pois, de multiplicar o 8 pelo 3, ficando a fração assim: $\frac{5}{24}$. O outro caso é dividir um inteiro por uma fração, e para isso a regra é multiplicar o inteiro pelo número de baixo e dividir o produto pelo número de cima. Neste caso: $5 \div \frac{2}{4}$, nós multiplicamos o 5 pelo 4 e dividimos o produto por 2. Cinco multiplicado por 4 dá 20, e 20 dividido por 2 dá 10. Esse 10 é o resultado da operação.

E agora temos o último caso — dividir uma fração por outra. Para isso, a gente inverte os números da segunda fração e depois multiplica as duas.

— Que graça! — exclamou Narizinho. — Está aí um verdadeiro malabarismo.

— Não deixa de ser — concordou o Visconde. — Neste exemplo: $\frac{3}{4} \div \frac{2}{5}$, inverte-se a segunda fração, deixando-a transformada em $\frac{5}{2}$ e depois multiplica-se pelo $\frac{3}{4}$.

OS DECIMAIS

Nesse momento Tia Nastácia apareceu com uma peneira de pipocas rebentadas naquele instante.

— Pipoca, minha gente!

Todos a rodearam, e até Rabicó, que andava por longe, veio ventando. Pelo menos o piruá, isto é, o milho que não rebenta e fica tostadinho no fundo da peneira, ele haveria de apanhar.

Emília escolheu as pipocas mais bonitas, não para comer, pois a coitada não comia, mas para fazer flores. Era de uma grande habilidade para transformar pipocas em lindas flores, que coloria com as tintas de Pedrinho. Mas pouco duravam essas obras de arte: iam todas acabar no papo do Marquês de Rabicó — o Come-Tudo.

— Faça com as pipocas como fez com as melancias, Visconde! — sugeriu Narizinho.

— Impossível — respondeu ele com ar triste. — Na velocidade com que estou vendo as pipocas desaparecerem da peneira, estaria eu bem arranjado se contasse com elas para a lição de frações decimais, que vou dar agora.

— Frações ainda? — protestou Emília. — Ai, que já estou até com dor de barriga, de enjoo! Felizmente essas são decimais e não das tais ordinárias...

O ar de tristeza do Visconde se acentuava à medida que as pipocas iam desaparecendo da peneira. Que seria?

Emília descobriu o segredo e foi cochichar ao ouvido de Dona Benta:

— Ele não pode ver ninguém comer pipocas, porque é sabugo, e as pipocas são feitas de grão de milho, isto é, dos filhinhos dos sabugos. É isso.

Dona Benta, profundamente comovida, chamou Tia Nastácia em particular e advertiu-a para que nunca mais aparecesse com pipocas quando o Visconde estivesse presente. Ele era sabugo, mas tinha coração.

A negra riu-se com toda a gengivada vermelha.

— Ché! o mundo está perdido, sinhá. Sabugo já tem coração, já fala *matamáticas*, já ensina gente de carne. Ché!... — E lá se foi para a cozinha com a peneira vazia, depois de jogar os piruás para o leitão.

O Visconde enxugou uma lágrima nas palhinhas de milho da gola e começou, depois dum longo suspiro:

— Frações decimais são pedaços de uma unidade dividida em décimos, centésimos, milésimos, milionésimos e em outras partes ainda menores. Uma unidade divide-se em 10 décimos. Um décimo divide-se em 10 centésimos. Um centésimo divide-se em 10 milésimos. Um milésimo divide-se em 10 décimos de milésimo. Um décimo de milésimo divide-se em 10 centésimos de milésimo e assim por diante.

Se dividirmos uma peneira de pipocas em 10 partes iguais, cada parte será um décimo da peneira cheia, e esse décimo escreve-se assim: 0,1 — zero, vírgula, um. E se agora dividirmos este décimo em outras 10 partes iguais, cada nova parte será um centésimo da peneira cheia e escreve-se assim: 0,01. Se dividirmos esse centésimo em outras 10 partes iguais, cada partezinha será um milésimo da peneira cheia e escreve-se assim: 0,001.

O primeiro zero marca o lugar do número inteiro. Quando está zero é que não há número inteiro. Depois vem a vírgula decimal. Neste número: 0,2, a leitura é assim: dois décimos. Neste número: 5,06, a leitura é: cinco inteiros e seis centésimos.

A diferença entre as frações decimais e as frações ordinárias é que as ordinárias dividem as coisas por qualquer número que se queira. Mas nas frações decimais as coisas só são divididas de 10 em 10.

Outra diferença está no modo de escrevê-las. Em vez dum número em cima de outro, separados por um tracinho, a fração decimal tem a vírgula. O denominador, ou o número de baixo, está escondido, não aparece. Assim: 0,1 é a mesma coisa que $\frac{1}{10}$, e 0,01 é a mesma coisa que $\frac{1}{100}$.

Já vimos que nos números inteiros eles vão subindo cada vez mais, da direita para a esquerda, a partir da casa das unidades.

Nos números decimais é o contrário. A contagem começa da esquerda para a direita, e as casas, de uma janela só, vão diminuindo sempre.

Mas essas frações são pedacinhos dos inteiros, de modo que as casas das frações ficam na mesma vila dos números inteiros, separadas apenas pela vírgula.

— A vírgula é o muro — observou Emília.

— Sim, é o muro que divide as duas partes da vila. Agora vou botar

dentro dessas casas números inteiros e frações para ver quem lê certo.
— E o Visconde pôs nas casas estes números:

$$743\ 525\ 413,5\ \ 8\ \ 4$$

Pedrinho, que havia prestado muita atenção, leu incontinenti:

— Setecentos e quarenta e três milhões, quinhentos e vinte e cinco milhares, quatrocentas e treze unidades, vírgula, cinco décimos, oito centésimos e quatro milésimos.

— Bravo! Isso mesmo. Agora, Narizinho, escreva 46 centésimos.

Narizinho escreveu 0,46.

— Muito bem. E você, Emília, escreva 579 milésimos.

Emília encrencou. Quis inventar um jeito diferente e atrapalhou-se.

— Adiante — exclamou o Visconde. — Você, Quindim! — Quindim desenhou no ar, com o chifre, um número assim: 0,579.

— Muito bem. E agora Dona Benta vai escrever 3 inteiros e 5 378 décimos de milésimo.

Dona Benta riu-se e escreveu na areia, com o dedo, este número: 3,5378.

— Muito bem. Está mais que sabido. Vamos agora ver como se reduzem frações decimais à mesma denominação.

— Que quer dizer denominação?

— Quer dizer frações da mesma casa: 0,24 e 0,35 são da mesma denominação, porque ambas são da casa dos centésimos; 0,671 e 0,987 são da mesma denominação, porque ambas são da casa dos milésimos.

— Sabido. Passe adiante — gritou Pedrinho.

— Muito bem. Para reduzir frações decimais à mesma denominação, basta encher de zeros os vazios. Reduza estas, Pedrinho. — E escreveu:

0,6
0,352
0,15
0,7

Pedrinho encheu os vazios, assim:

0,600
0,352
0,150
0,700

— Muito bem. Lá em cima temos em primeiro lugar 0,6, ou seis décimos, aqui embaixo temos esse 0,6 transformado em 0,600, ou 600 milésimos, o que dá na mesma. Ficou o 0,6 com denominação diferente, mas conservou o mesmo valor, porque tanto faz dizer 6 décimos como 600 milésimos. O mesmo se dá com as outras.

O Visconde engoliu um pigarro e continuou:

— Como estão vendo, a vírgula é a mandona dos números decimais. Tudo depende dela. Se muda de lugar, o número muda de valor. Se temos, por exemplo, 4,38, quatro inteiros e trinta e oito centésimos, mudando a vírgula uma casa para a direita ficaremos com 43,8, quarenta e três inteiros e oito décimos.

— E mudando a vírgula uma casa para a esquerda? — quis saber a menina.

— Nesse caso o número fica assim: 0,438; e lê-se quatrocentos e trinta e oito milésimos.

— Quer dizer que mudando a vírgula para a direita o número aumenta e mudando para a esquerda diminui?

— Exatamente. Mudando uma casa para a direita, o número fica dez vezes maior; mudando duas casas, o número fica cem vezes maior; mudando três casas, o número fica mil vezes maior. Agora, mudando-se uma casa, duas ou três para a esquerda, da-se o contrário: o número diminui tornando-se dez, cem ou mil vezes menor.

— Que danadinha, a tal vírgula! — exclamou Emília. — Vou fazer amizade com ela, pois vejo que se trata de uma criatura poderosa.

— E que mais o senhor sabe desses tais números decimais, Visconde? — perguntou o menino.

— Oh, muita coisa. Sei, por exemplo, reduzir decimais a frações ordinárias e vice-versa. Se quero, por exemplo, reduzir o decimal 0,35 a fração, escrevo-o sem a vírgula, dou um tracinho e ponho embaixo o número 1 seguido de dois zeros.

— Por que dois zeros?

— Porque no decimal 0,35 há dois algarismos depois da vírgula; se houvesse três algarismos eu escreveria três zeros; se houvesse quatro eu escreveria quatro zeros e assim por diante. Neste exemplo, o 0,35 fica transformado nesta fração ordinária: $\frac{35}{100}$. Trinta e cinco cem avos é o mesmo que trinta e cinco centavos.

— E o vice-versa?

— O vice-versa é transformar frações ordinárias em números decimais. Para isso eu acrescento cifras ao número de cima da fração ordinária e depois o divido pelo número de baixo. Na fração $\frac{3}{4}$, por exemplo, eu acrescento um zero ao 3 e obtenho 30; depois divido o 30 pelo 4 de baixo. Dá 7 e sobram 2. Acrescento mais um zero a este 2 e continuo a divisão. Obtenho 5 certo, sem resto nenhum, assim:

$$\begin{array}{r|l} 30 & 4 \\ 20 & 75 \\ 0 & \end{array}$$

Depois, separo no quociente 75, com a vírgula, tantas casas da direita para a esquerda quantos forem os zeros que usei. Usei dois zeros, não é? Pois então separo duas casas no 75, assim: 0,75. E ponho um zero antes da vírgula, porque nenhum número pode começar com a vírgula.

— É a defesinha dela — observou Emília. — Quer sempre estar resguardada contra qualquer perigo. As criaturas muito pequenas, exceto eu, têm necessidade de capangas.

Quindim deu uma risada africana: quó, quó, quó.

— E se a divisão ainda deixar resto? — indagou Pedrinho.

— Nesse caso, a gente faz a divisão até três zeros. Depois abandona o resto. Joga fora. Faz de conta que ele não existe.

Nesta fração $\frac{2}{3}$ por exemplo. Acrescentando um zero ao 2 dá 20 e dividindo-se o 20 por 3 temos:

$$\begin{array}{r|l} 20 & 3 \\ 20 & 666 \\ 20 & \\ 2 & \end{array}$$

Se a gente continuar a divisão acrescentando sempre um novo zero ao 2 que resta, a coisa não acabará nunca. Por isso, a aritmética manda só acrescentar três zeros, isto é, só dividir o 20 três vezes. Põe-se a vírgula na terceira casa à esquerda, assim: 0,666 e pronto. Está o $\frac{2}{3}$ transformado no decimal 666 milésimos.

— Mas a conta não está certa — objetou Emília. — Desde que foi posto fora o coitadinho do resto, fica sempre faltando alguma coisa.

— Fica, mas que remédio? Por mais que se divida o 20 por 3, haverá sempre esse resto de 2, mas depois de muitas divisões ele fica tão pequenininho que já não vale nada, e o melhor mesmo é bota-lo fora para evitar amolações.

— Pois eu vou juntar todos esses restinhos que os decimais põem fora — asneirou Emília. — E hei de fazer para eles uma casinha, com fogãozinho, mesa, um rádio... uma vitrola...

— Lá vem! — exclamou Narizinho. — Já desarranjou a bola outra vez. É uma danada! Não se cura nunca...

Depois o Visconde ensinou como se somavam, subtraíam, multiplicavam e dividiam os decimais.

— Para somar decimais — disse ele —, escrevem-se um embaixo do outro, de modo que as vírgulas correspondam; depois soma-se e derruba-se a vírgula para baixo. Vamos somar estes aqui:

$$0,45$$
$$0,567$$
$$0,5$$
$$0,789$$

Somo e derrubo a vírgula, assim:

```
        0,45
        0,567
        0,5
        0,789
        2,306
```

Para subtrair é a mesma coisa: escreve-se um debaixo do outro, alinhados pela vírgula, e subtrai-se, derrubando a vírgula no resto. Se tenho de subtrair 0,463 de 3,658, faço assim:

```
        3,658
        0,463
        3,195
```

Para multiplicar, escrevo um em cima do outro, alinhados pela vírgula, e faço a multiplicação como se fosse de números inteiros. O segredinho de tudo está depois na descida da vírgula. Ela deve ser posta de jeito que separe tantos algarismos, sempre da direita para a esquerda, quantas forem as casas decimais dos dois números que se multiplicam.

— Que quer dizer "casas decimais"? — perguntou Pedrinho.

— São as que ficam à direita da vírgula. Vamos fazer esta multiplicação:

$$1,87 \times 0,26$$

Escrevo um número em cima do outro, assim:

```
        1,87
        0,26
```

E, fazendo a multiplicação, obtenho este resultado:

```
        1,87
        0,26
        1122
        374
        4862
```

E, como lá em cima tenho quatro números decimais, separo com a vírgula quatro casas embaixo, assim: 0,4862.

— Mas eu sei dum caso em que essa regra não dá certo — lembrou o menino. — Se eu multiplicar, por exemplo, 0,12 por 0,15, obtenho este resultado:

$$\begin{array}{r} 0,12 \\ 0,15 \\ \hline 60 \\ 12 \\ \hline 180 \end{array}$$

E como é a vírgula agora? Lá em cima há quatro casas decimais, e neste resultado 180 só há três. Como faço para separar quatro casas?

— Você acrescenta mais um zero à esquerda para conseguir as quatro casas e desce a vírgula, assim:

$$0,0180$$

Resta agora aprender a dividir decimais. Temos dois casos. No primeiro, o número que é dividido tem menos decimais que o número que divide, como neste exemplo:

$$0,50 \div 0,250$$

Para dividir esses dois números decimais, igualam-se com zeros as casas depois da vírgula e pronto. Faz-se assim:

$$0,500 \div 0,250$$

O segundo caso é quando o primeiro número tem mais decimais que o segundo, como neste:

0,5625 ÷ 0,125

Para dividir esses números, basta fazer a divisão como se se tratasse de inteiros e depois separar no resultado tantos decimais quantos houver de diferença. Vejamos:

```
0,5625 | 0,125
 500     45
 625
 625
 000
```

Qual a diferença de decimais entre um número e outro?

— Um número tem quatro decimais e outro tem três. A diferença é de 1 — respondeu Pedrinho.

— Muito bem. Nesse caso você separa no quociente 45, da direita para a esquerda, uma casa só, assim: 4,5. E pronto!

AS MEDIDAS

Emília abriu um bocejo maior que o do Quindim.

— Chega de frações. Estou enjoada, já disse. Se o Visconde não muda de assunto, prego-lhe uma peça terrível. Ponho fogo, com um fósforo, nessas barbinhas de milho que ele tem no pescoço.

— Não é preciso chegar a tanta violência, senhora Marquesa — respondeu o Visconde, frisando ironicamente a palavra Marquesa. — Já acabei a lição de frações. Vou agora falar sobre as MEDIDAS, OU O SISTEMA MÉTRICO.

— Não vai falar de coisa nenhuma! — gritou Tia Nastácia aparecendo à porta da cozinha. — São horas de jantar. Venham todos. Fiz um lombinho com farofa que está mesmo um suco. Corram!

Lombinho de porco com farofa e umas rodelas de limão por cima era petisco de fazer vir água à boca, de modo que ninguém mais quis saber de aritmética naquele dia. Mas na tarde seguinte a aula ao ar livre continuou. O Visconde tossiu três pigarros e disse:

— Medir é uma das coisas mais importantes da vida humana.

Os homens não fazem nada sem primeiro medir. Quem vai comprar chita numa loja obriga o caixeiro a medir um pedaço de fazenda. Quem vai vender feijão no mercado da vila pesa-o antes de entrar em negócio. Pesar é medir. O automóvel que para numa bomba de gasolina a fim de encher o tanque faz o bombeiro medir a gasolina que entra. Sem essas medições seria impossível negociar. Se eu vou a uma casa e peço um pedaço de morim ou um pouco de açúcar, faço papel de idiota. Tenho de pedir tantos metros de morim ou tantos quilos de açúcar. A base da vida dos negócios, portanto, é a medição.

Mas todos os países tinham suas medidas, de modo que a trapalhada era grande. Daí veio a ideia de organizar medidas que servissem para todos os povos — e os sábios começaram a estudar a questão. As medidas devem ser de três espécies. Temos que medir as coisas que têm comprimento, como uma corda, uma peça de morim. Temos que medir os líquidos, como o querosene, o vinho, o leite ou as coisas esfareladas ou reduzidas a pequenos pedacinhos, como o arroz, o açúcar, o café. E temos de medir o peso de certos materiais.

Em primeiro, os sábios trataram de achar a melhor medida para as coisas que têm comprimento — e inventaram o METRO. Que é o metro? Vamos ver quem sabe.

— Metro é um pedaço de pau amarelo, dividido em risquinhos, que há em todas as lojas — respondeu Emília. — Serve para medir chitas e para dar na cabeça dos fregueses que furtam carretéis de linha.

— Esqueceu-se do principal, Emília. Esqueceu-se de dizer que esse pau amarelo tem sempre o mesmo comprimento. Em qualquer país do mundo que você vá, encontrará sempre o metro das lojas com o mesmo comprimento. Mas, para achar o comprimento que deveria ter o metro, os sábios torceram a orelha.

Era preciso encontrar uma medida fixa, que os homens não

pudessem nunca alterar, e então eles se lembraram de tomar a distância entre o Equador e o Pólo Norte. Fizeram lá uns cálculos e acharam que tinha 5 130 740 toesas.

— Que é toesa?

— Era uma medida de comprimento usada na Europa.

— Mas, se havia essa toesa, para que inventaram o metro? A humanidade não ia vivendo muito bem com a toesa?

— Não ia. O comprimento da toesa era, como se diz, arbitrário, sem base, variando de um ponto para outro. Não prestava, a toesa. Eles mediram aquela distância em toesas porque não havia outro meio. Acharam, como já disse, que a distância entre o Equador e o Pólo Norte era de 5 130 740 toesas e então dividiram essa distância em dez milhões de partes iguais. Tomaram uma dessas partes e deram-lhe o nome de metro. Quer dizer que metro é a décima milionésima parte da distância entre o Equador e o Pólo. E pronto! Nunca mais poderia haver dúvida sobre o comprimento do metro. Quem o quisesse verificar, era tomar outra vez aquela distância e dividi-la em dez milhões de partes.

— Hei de fazer essa medição — disse Emília — para verificar se o metro de fita do Elias Turco está direito.

Quindim repetiu a sua risada africana: quó, quó, quó.

— E que quer dizer metro? — perguntou Narizinho.

— É uma palavra que vem do grego *metron*, medida. Temos na língua muitas palavras em que entra o metro, como termômetro, instrumento para medir a temperatura; barômetro, instrumento para medir a pressão atmosférica; cronômetro, instrumento para medir o tempo, etc. E o novo sistema de medidas ficou se chamando Sistema Métrico, porque a base dele é o metro.

Depois de obtida a medida de comprimento, os sábios trataram de arranjar a medida de capacidade, isto é, a medida para os líquidos ou as coisas esfareladas — e inventaram o LITRO. Quem sabe o que é litro?

— É uma lata velha, redonda, em que os vendeiros medem feijão — disse Emília.

Quindim fez de novo: quó, quó, quó.

— Litro — explicou o Visconde — é o primeiro filho do metro. Depois de arranjado o metro para medir o comprimento, os sábios arranjaram o METRO QUADRADO para medir as superfícies. O metro quadrado é uma superfície quadrada que tem um metro de cada lado.

"Depois arranjaram o METRO CÚBICO para medir as coisas líquidas ou esfareladas. O metro cúbico é um cubo que tem um metro de comprimento, um metro de largura e um metro de altura."

Depois dividiram esse bloco em mil bloquinhos iguais, e cada um desses bloquinhos ficou sendo a milésima parte do bloco inteiro, ou um DECÍMETRO CÚBICO. Pois o tal litro é isso: um decímetro cúbico. Depois que, desse modo, foi conseguida uma medida fixa para os líquidos, acabou-se a atrapalhação de medidas sem base científica. Um litro é sempre a mesma coisa em qualquer país do mundo. Não varia. É sempre um decímetro cúbico, ou a milésima parte do metro cúbico.

— Sim, senhor! — exclamou a menina. — Esses sábios eram uns danados. Arranjaram um jeito de botar os vendeiros na linha. Eles agora não podem fazer os litros do tamanho que querem.

— Restava ainda conseguir a medida fixa para as pesagens. Se quero comprar chumbo, por exemplo, não posso medir esse metal com o metro nem com o litro. Tenho de usar a balança e pesa-lo. Mas qual devia ser a unidade de peso das balanças? Era outra trapalhada no mundo. Havia toda sorte de pesos, havia onças, e arrobas, e quintais, e oitavas, e libras, sempre variando de um ponto para outro. Como para medir o comprimento havia léguas, e milhas, e braças, e varas, e côvados, e palmos, e passos, e pés, e polegadas. Como para medir líquidos havia pipas, e almudes, e quartilhos. Como para medir coisas secas e esfareladas havia os alqueires e quartas, que a nossa gente da roça ainda usa. Tudo isso já não tem razão de ser, depois do sistema métrico inventado pelos sábios. Para medir comprimento, temos o metro ou as divisões e multiplicações do metro. Para medir líquidos, temos o litro ou as divisões e multiplicações do litro. Para medir as coisas de peso, temos o QUILO, que se divide em mil GRAMAS.

Ao ouvir falar em grama, os olhos do Quindim brilharam — e Emília veio com uma das suas:

— Se tem tantas gramas assim, o tal quilo não passa dum canteiro de jardim...

Quindim repetiu o quó, quó, quó.

— O quilo e o grama — continuou o Visconde — são também filhos do metro. Os sábios tomaram um metro cúbico de água destilada e o dividiram em mil partes iguais — cada parte ficou sendo um quilo. Depois dividiram o quilo em mil partes iguais, e cada parte ficou sendo um grama.

— E os vendeiros têm agora de gramar ali no peso certo, não é assim?

— Nossa Senhora! — exclamou Dona Benta. — Até trocadilhos esta diabinha já faz...

O Visconde continuou:

— Depois de arranjado o metro, foi só dividi-lo em partes iguais para obter os DECÍMETROS, OS CENTÍMETROS e os MILÍMETROS. Decímetro é a décima parte do Metro. Centímetro é a centésima parte. Milímetro é a milésima parte.

Depois prepararam as medidas grandes. Fizeram o DECÂMETRO, que vale 10 metros, medida que ninguém emprega. Fizeram o HECTÔMETRO, que vale 100 metros e também não é usado. Fizeram o QUILÔMETRO, ou mil metros, que é usadíssimo.

— Por que não se usam esses coitados? — quis saber Narizinho.

— Porque não são necessários. Com o metro e o quilômetro, os homens se arrumam perfeitamente. É mais fácil, por exemplo, dizer 10 metros do que dizer 1 decâmetro.

— Lá isso é — concordou a menina.

— E para o grama fizeram a mesma coisa. Dividiram-no em DECIGRAMA, CENTIGRAMA e MILIGRAMA. Decigrama é a décima parte dum grama; centigrama é a centésima parte; miligrama é a milésima parte.

Depois vieram as multiplicações, DECAGRAMA, ou 10 gramas. Não pegou. HECTOGRAMA, ou 100 gramas. Também não pegou. E QUILOGRAMA, ou QUILO, como se diz vulgarmente. Esse pegou como sarampo. Não há quem não use o quilo e também a TONELADA, ou mil quilos.

— E o litro?

— O litro foi dividido em DECILITRO, ou décima parte dum litro; em CENTILITRO, ou centésima parte; e em MILILITRO, ou milésima parte.

— E pegaram?

— Nada disso pegou. Ninguém usa. Como também ninguém usa as multiplicações do litro — o DECALITRO, ou 10 litros; o HECTOLITRO, ou 100 litros, e o QUILOLITRO, ou 1 000 litros. Mais fácil dizer logo 10 litros, 100 litros ou 1 000 litros do que os tais decalitro, hectolitro e quilolitro.

— Pobres sábios! — exclamou a menina. — Perderam o latim...

— Latim, não — protestou Emília. — Perderam o grego, porque todas essas palavras estão me cheirando a grego.

O Visconde confirmou que de fato eram palavras gregas, pois em grego quilo significa 1 000, hecto significa 100 e deca significa 10.

— O metro — continuou ele — divide-se em 100 centímetros, e cada centímetro divide-se em 10 milímetros. No metro do Elias Turco a gente vê muito bem essas divisões.

— E para medir terrenos? — perguntou Pedrinho.

— Medição de terreno é medição de superfície. Um terreno é uma superfície de chão. Para medida de superfície, os sábios tomaram, como eu já disse, o metro quadrado, e com 100 metros quadrados constituíram o ARE, que ficou sendo a unidade.

— E o tal HECTARE, que vovó tanto usa? Ela diz que aqui no sítio tem 520 hectares...

— O hectare — respondeu o Visconde — corresponde a cem ares, ou 10 000 metros quadrados.

Mas entre nós as medidas de terrenos que mais usamos ainda são as antigas. Temos o ALQUEIRE e a QUARTA. Um alqueire de terra é a superfície de chão onde cabe um alqueire de grãos de milho plantados; uma quarta de terra é o chão que leva uma quarta, ou 12 litros de milho.

— Mas isso não é medida exata — observou Pedrinho. — Deve variar muito, conforme a qualidade do milho e o modo de planta-lo. Se eu o plantar bem espaçado, o tal alqueire de terra fica enorme.

— Muito certo isso. Mas o alqueire de terra está já fixado em metros quadrados. Tem, em São Paulo, 24 200 metros quadrados. Em Minas e outros Estados, tem o dobro.

— E a légua quadrada, Visconde? Já ouvi falar nisso — observou Pedrinho.

— A antiga légua, medida de comprimento que foi substituída pelo quilômetro, tinha um valor muito variável. A usada no Brasil e chamada "légua de sesmaria" tinha 6 600 metros. Já a légua marítima, também usada pela nossa gente do mar, tinha 5 555 metros. Mas a légua comum, que ainda hoje usamos, tem 6 000 metros justos.

— Ensine agora a correspondência das medidas antigas com as métricas — pediu o menino. — Quantos gramas, por exemplo, tem uma libra, quantos centímetros tem um palmo, etc.

— Não — respondeu o sabugo. — Se ninguém ensinasse isso aos meninos, seria ótimo, porque se punha fim, duma vez, a essas medidas antigas, que não valem nada e só servem para atrapalhar a vida dos homens. Quem quiser medir coisas, use o Sistema Métrico Decimal arranjado pelos sábios. O mais é bobagem. Para que estar enchendo a cabeça de vocês com coisas que já morreram?

— Bravos, Visconde! Nós não somos cemitérios — concluiu Emília.

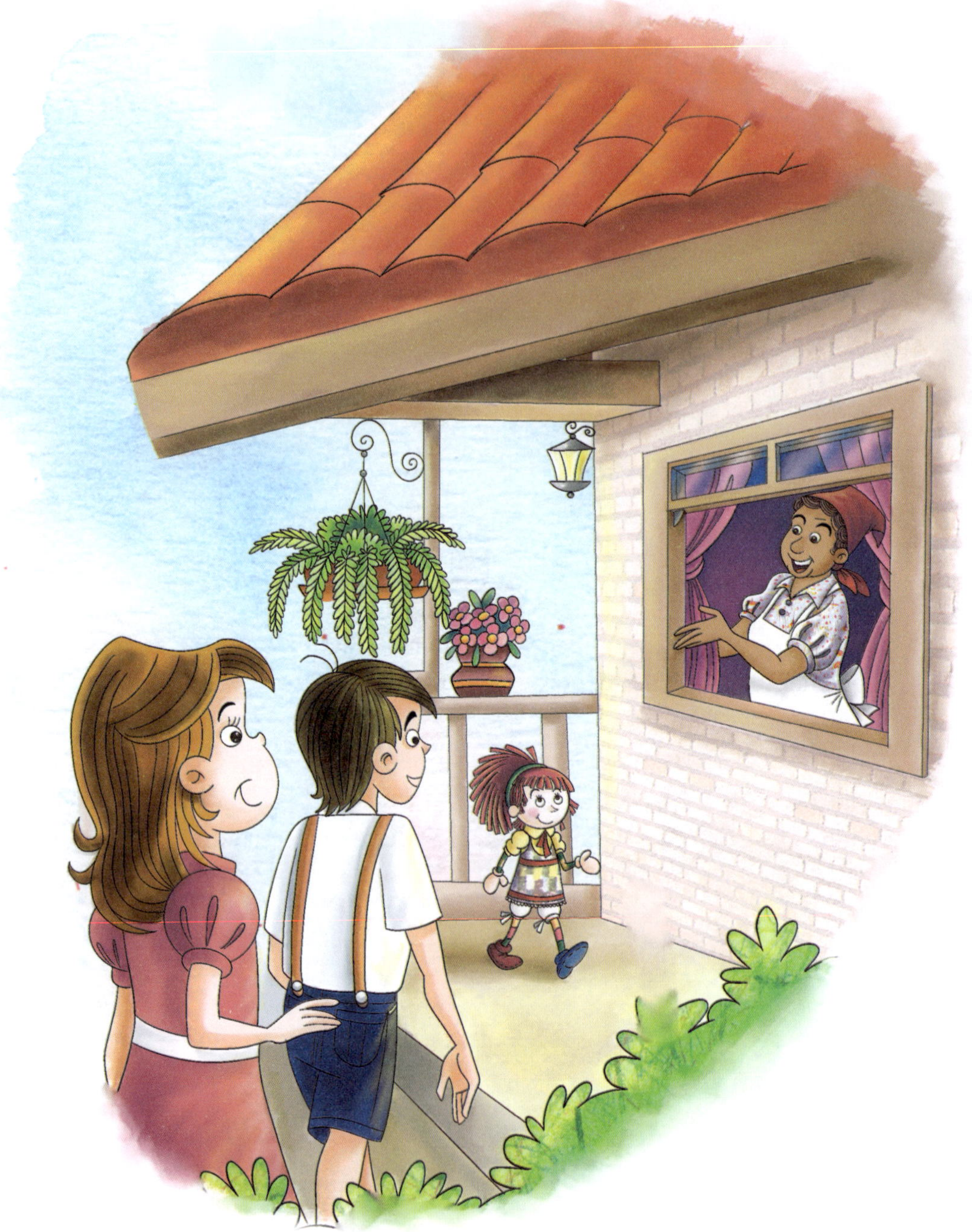

NÚMEROS COMPLEXOS

No outro dia o Visconde falou em NÚMEROS COMPLEXOS.

— Que quer dizer COMPLEXO? — indagou Pedrinho logo de começo.

— Quer dizer complicado. No sistema de medições decimais que ensinei tudo é facílimo, porque tudo se divide de dez em dez. Mas nos antigos sistemas não era assim, de modo que a complicação se tornava enorme. Uma onça, por exemplo, tinha 8 oitavas; uma libra tinha 16 onças; uma arroba tinha 32 libras e assim por diante. Eram sistemas que o uso foi criando aqui e ali, arbitrariamente.

Mas o Sistema Métrico Decimal não abrange todas as medições do mundo. Algumas ainda são feitas pelos sistemas antigos, como, por exemplo, a medição do tempo.

— Medir o tempo eu sei — disse a menina. — São os dias, os anos, as horas.

— Perfeitamente. Temos o SÉCULO, com 100 anos. Temos o LUSTRO, com 5 anos. Temos o ANO, com 12 meses. Temos o MÊS, com 30 ou 31 dias.

— Fevereiro tem 28 e 29 — lembrou Pedrinho.

— Temos o DIA, com 24 horas. Temos a HORA, com 60 minutos. Temos o MINUTO, com 60 segundos.

Depois temos as medidas do valor do dinheiro, que são as moedas e que variam em cada país. Todos os povos possuem a sua medida especial do dinheiro, que em alguns é bem complicada. Na Inglaterra, por exemplo.

A unidade da moeda na Inglaterra é a LIBRA ESTERLINA, que vale 20 *shillings*. O *SHILLING* vale 12 *pence*, O *PENNY* vale 4 *farthings*.

— Que história de *pence* e *penny* é essa? — quis saber Pedrinho. — É *pence* ou *penny*, afinal de contas?

— *Penny* é o singular e pence é o plural. Temos de dizer 1 *penny* e 2 pence. O sinal da libra esterlina é £. O sinal do *shilling* é *s*, e o sinal do penny é *d*.

— Por que *d*?

— Coisa antiga. Havia antigamente o DENÁRIO, e o *d* do denário ficou, apesar de ele ter cedido o seu lugar ao *penny*. Os ingleses são muito conservadores.

— E que outras moedas há?

— Em muitos países as moedas seguem o sistema decimal, como nos Estados Unidos, em que a unidade é o *DÓLAR*. Um dólar divide-se em 100 centavos.

Na França a unidade é o *FRANCO*, que se divide em 100 cêntimos. Na Alemanha é o *MARCO*, que se divide em 100 *pfennigs*.

Na Itália é a LIRA, que se divide em 100 centésimos. Em Portugal é o ESCUDO, que também se divide em 100 centavos.

Na Argentina, em Cuba, no Uruguai, no México e no Paraguai é o *PESO*. Na Áustria é o *SHILLING*. Na Bolívia é o *BOLIVIANO*. No Equador é o *SUCRE*. Na China é o *TAEL*. Na Grécia é a *DRACMA*. Na Índia é a *RUPIA*. No Japão é o *IENE*. Na Rússia é o RUBLO. Na Espanha é a *PESETA*. Na Suécia é a *KRONA* ou *COROA*. Na Turquia é a *PIASTRA*. Não há nada que varie tanto como a moeda.

A lição foi interrompida pela chegada do correio com uma porção de livros encomendados por Dona Benta. Entre eles vieram os de Malba Tahan, um misterioso califa árabe que conta lindos apólogos do Oriente e faz as maiores piruetas possíveis com os números. Dona Benta passou a noite a ler um deles, chamado O Homem Que Calculava, e no dia seguinte, ao almoço, disse:

— Parece incrível que este árabe saiba tantas coisas interessantes a respeito dos números! Estive lendo-o até as quatro da madrugada e estou tonta. O tal homem que calculava só não calculou uma coisa: que com suas histórias ia fazer uma pobre velha perder o sono e passar a noite em claro. Livros muito bons são um perigo: estragam os olhos das criaturas. Não há como um "livro pau", como diz a Emília, porque são excelentes narcóticos...

A criançada assanhou-se com o Malba Tahan, de modo que o pobre Visconde de Sabugosa foi deixado às moscas. Emília declarou que "O Sabugo Que Calculava" não valia o sabugo da unha de *O Homem Que Calculava* e para provar a afirmação chamou o Visconde e propôs-lhe um problema.

— Venha cá, sabinho da Grécia. Venha me resolver este problema tahanico. Um lixeiro juntou na rua 10 pontas de cigarros. Com cada 3 pontas ele fazia um cigarro inteiro. Pergunto: quantos cigarros formou com as 10 pontas?

— Nada mais simples — respondeu o Visconde. — Formou 3 cigarros e sobrou uma ponta.

— Está enganado! — berrou Emília. — Formou 5 cigarros...

— Como? Não é possível...

— Nada mais simples. Com as 10 pontas achadas na rua, ele formou 3 cigarros e fumou-os — e ficou com mais 3 pontas, que, juntadas àquela quarta, deu 4 pontas. Com essas 4 pontas formou mais um cigarro e sobrou 1 ponta. Fumou esse cigarro e ficou com 2 pontas. E vai, então, e pediu emprestada a outro lixeiro uma ponta nova e formou um cigarro inteiro — o quinto! Temos aqui, portanto, 5 cigarros formados com as 10 pontas, e não 3 cigarros, como o senhor disse. Ahn!... — concluiu Emília, botando-lhe um palmo de língua.

— Está errado — protestou o Visconde —, porque, se ele fumou esse quinto cigarro, sobrou uma ponta.

— Não sobrou coisa nenhuma — volveu Emília —, porque, como ele havia tomado de empréstimo uma ponta nova, pagou a dívida com a última ponta sobrada. Ahn!... — E botou-lhe mais um palmo de língua.

Todos riram-se e o Visconde desapontou-se. E não foi só isso. Ficou tão desmoralizado como professor de aritmética, que, quando bateu palmas e chamou os meninos para a lição, ninguém mais quis saber dele. Pedrinho entretinha-se com o Japi, um cachorrinho que apareceu no sítio e estava todo arrepiado diante do rinoceronte. Rabicó andava por longe, devorando as goiabas caídas durante a noite. Narizinho fora ajudar Tia Nastácia a escamar uma cambada de lambaris. Dona Benta, essa não largava do Malba Tahan.

E Emília?

Ah, a Emília acabava de fazer uma das suas célebres maroteiras. Fora ao escritorinho do Visconde e, vendo lá o manuscrito da aritmética do Visconde, cortou o T da palavra aritmética e substituiu o nome do autor pelo seu. Eis a explicação da aritmética do Visconde ter saído com o frontispício duplamente errado — sem o T e sem o nome do verdadeiro dono...

FIM

O ilustrador

Jótah (José Roberto de Carvalho) é autor e ilustrador de livros infanto-juvenis. Suas ilustrações também estão em clássicos da literatura mundial como *Macbeth*, de William Shakespeare, *A Ilha do Tesouro*, de Robert Louis Stevenson, *Triste Fim de Policarpo Quaresma*, de Lima Barreto, e *Os Miseráveis*, de Victor Hugo.

Colaborou, ainda, em realizações do cinema (*Aladim*, da Disney, *Turma da Mônica*, entre outros) e da televisão, com destaque para o programa *RÁ-TIM-BUM*.

"Todo ilustrador sonha em ter a oportunidade de ilustrar os contos escritos por Monteiro Lobato, comigo não foi diferente. Imediatamente lembrei da canastra da Emília. Peguei o baú onde guardo meus materiais de desenho: lápis, canetinhas, tintas de todas as cores, papéis e comecei a desenhar... A Emília, o Visconde, o Marquês de Rabicó e, claro, entre tantos, a Narizinho. Rapidinho tudo ficou pronto. Voltei a ser criança", conta Jótah.